小说精读课

叙事人生

李杭媛 著

广州新华出版发行集团
广州出版社

图书在版编目（CIP）数据

叙事人生：小说精读课 / 李杭媛著 . — 广州：广州出版社，2021.10（2022.9 重印）
ISBN 978-7-5462-3348-2

Ⅰ . ①叙…　Ⅱ . ①李…　Ⅲ . ①小说研究—世界 Ⅳ . ① I106.4

中国版本图书馆CIP数据核字（2021）第177288号

书　　名　**叙事人生：小说精读课**
　　　　　Xushi Rensheng：Xiaoshuo Jingduke
著　　者　李杭媛
出版发行　广州出版社
　　　　　（地址：广州市天河区天润路87号广建大厦9、10楼
　　　　　邮政编码：510635　网址：www.gzcbs.com.cn）
责任编辑　司丽丽　何　旻
印刷单位　佛山市迎高彩印有限公司
　　　　　（地址：佛山市顺德区陈村镇广隆工业区兴业七路九号
　　　　　邮政编码：528313）
规　　格　880 mm × 1230 mm
开　　本　1/32
印　　张　8
字　　数　172千
版　　次　2021年10月第1版
印　　次　2022年9月第2次
书　　号　ISBN 978-7-5462-3348-2
定　　价　48.00元

发行专线：（020）38903520　38903521
如发现印装质量问题，影响阅读，请与承印厂联系调换

前言　超越现实的虚构

什么是小说？

东汉学者班固在《汉书·艺文志》里这样定义："小说家者流，盖出于稗官。街谈巷语，道听途说者之所造也。孔子曰：'虽小道，必有可观者焉，致远恐泥，是以君子弗为也。'"

中国古人很早就发现，民间有一种专门搜集小道消息、坊间故事的人，这些人被认为是最早的小说家。但儒家认为，这种制造传奇故事的雕虫小技非君子之道。

那么，人类对故事的需求仅仅只是满足街谈巷议的"八卦"好奇心吗？恐怕不止如此。

还记得《一千零一夜》中的第一个故事吗？国王因为被出轨而对天底下所有女性抱有深仇大恨，每娶一个妻子，必在新婚之夜结束前杀了她。山鲁佐德王后为了避免和之前的王后一样被残忍杀死，想出了在新婚之夜给暴君讲故事的妙计。就在故事推进到最精彩的时候，天亮了。她打住话头，将悬念留到下一个夜晚揭晓。

穿越到今天，山鲁佐德一定是电视剧"最佳剧情片"获奖导演，一集一集吸引着观众往后看。于是，这讲故事的一千零一夜成就了这本《一千零一夜》小说集，最终连国王也被这些既有趣又蕴含哲理的故事征服，决定停止复仇的杀戮。这么看来，阿拉伯人很早就意识到，故事的魅力不仅仅在于娱乐、消遣，故事还诠释着我们，定义着我们，改变着我们，甚至从某种意义上说，讲故事是一件生死攸关的事。

孟子更实际地回应了这个问题。

当梁（魏）惠王苦恼于自己明明已经尽心赈灾却依然没有邻国之民投奔到魏国的时候，孟子没有直接骂他："您跟别国的君王有什么差别呀？天天打仗，民不聊生。"孟子知道，如果这么说，君臣之间友谊的小船就翻了。你看孟子是怎么说的："王好战，请以战喻。"意思是：大王不是喜欢打仗吗？我来给您讲个关于打仗的故事吧。

这句话，太有分量了。

既投其所好，用对方感兴趣的故事讲道理，又婉转含蓄地触及梁惠王的根本问题：好战。所以，讲故事也是一种言说的技巧。无论是公共社交还是日常交流，条分缕析地讲道理远不如讲个有意思的故事效果好。

当然，如果你从更加广阔的视野回看，人类的历史又何尝不是关于人类从哪里来、到哪里去的宏大叙事呢？讲故事不仅是一种言说方式，以什么视角、站在什么立场、讲述谁的故事、从哪里讲起、怎么讲，都关乎我们怎么理解这个世界，怎么理解我们自己。

小说家们大可以像好莱坞梦工厂那样用故事"造梦"，给在泥泞与黑暗中踉跄挣扎的我们带来负重前行的动力（从某种意义上说，神话传说和童话故事正是承担着这样的功能）；当然也可以像写实主义大师们那样，将现实用虚构的时空“复写”出来，展现社会生活的横截面。

但更有可能的是，当代人会觉得，第一种故事太天真幼稚，而第二种故事又没什么意思。

现代以来的小说从反映社会生活转向探索内心世界。比起展现19世纪法国社会“百科全书”的巴尔扎克，躲在地下室的小黑屋奋笔疾书的卡夫卡更贴近现代小说的形象——起笔就把人变成虫子（《变形记》）。现代小说用极端、变异、超现实的设定，映射人类社会的荒诞处境，放大人性的幽微和复杂，让你直面在机械化的现代社会中被异化的自我。

《城堡》里那个费尽周章却始终连赴任单位的门槛都进不了的土地测量员，不就是今天没完没了地加班的现代人吗？拼命工作的意义是什么？仅仅只是升职加薪、买车买房？这些固然不错，可是工作本身的意义呢？一个文件的批示要经过层层烦琐的手续，三言两语可以解决的问题要开上三四个小时的会，每个人都不过是社会生产这架巨型机器中的一颗螺丝钉，不正像极了小说中处处碰壁而找不到组织，也没有出路的小K们吗？

你看，小说看似虚构，虚构的世界有时却比现实世界更加真实。

更何况小说比现实自由，且自由得多。

与加西亚·马尔克斯齐名，并称“Boom Latinoamericano”（拉美文学爆炸）四大主将之一的阿根廷作家胡里奥·科塔萨尔[①]写

① 胡里奥·科塔萨尔（1914—1984）：阿根廷作家、学者，代表作品有《动物寓言集》《跳房子》等，小说风格为现实与幻境交错。

过一个很有意思的短篇小说，叫《公园续幕》。故事讲的是一个男人在出差途中读到了一本小说。由于被情节吸引，他一回到家就处理完所有事务，然后关起门，坐到书房里，舒服地倚在高靠背的绿色天鹅绒椅子上，继续读那本书。他背对着门，因为不想被打扰，读了几章后，左手不自觉地一次次抚过铺有绿色天鹅绒的扶手。他渐渐忘了周遭的世界，沉醉在小说主人公龌龊的两难境地。

男人在读什么？作者没有直接说。但从描写来看，很可能是两个情人在山上的茅屋里私会的故事。就在二人缠绵之时，故事转笔描写情夫的心理："抵在胸前的匕首炽热，下面悸动着潜藏的自由……就连牵动着情夫身体的万种缠绵，似乎想挽留他、劝阻他的千般爱抚，都可恨地勾勒出了另一个必须毁灭的人的轮廓。一切都尽在盘算之中：不在场证明、意外的险情、可能的错误。"

这寥寥数笔，透露出丰富的信息。读到此，读者恐怕会和阅读的男人一样倒吸一口凉气：这不仅是一场偷情的不伦之恋，还是一场在酝酿中的谋杀。男人或是厌倦了这种偷偷摸摸的关系，或是害怕被妻子发现，最终决定杀死情人。

对当代读者，故事推进到这里，也就五分刺激而已。你可能会想，这不过是一出被影视作品已经演绎得烂俗的情杀悬疑剧。但就在小说快结束之处，故事不动声色地偏离了主轴：情人分手，情夫看着女人朝相反的方向走远，然后他朝着她离去的方向开始奔跑。在树丛和篱笆的掩藏下，他一直跑，直到迷蒙的绛色晚霞浮起，他看见了林荫尽头的大屋。

科塔萨尔这段描写极其精彩：

> 狗不应该吠叫。确实没叫。管家这时候应该不在。确实不在。他走上门廊的三级台阶，进了屋。血流在耳边奔腾，女人的话萦回其中，向他传来：进门是一间蓝色前厅、一条走廊、一道铺着地毯的楼梯。上了楼梯，有两扇门，第一个房间里没有人，第二个房间里也一样。接着，是书房的门，是他手握着的匕首，是落地窗外的光线，是绿色天鹅绒扶手椅的高靠背，是扶手椅上那正读着小说的男人的头颅。

这个结尾太意外、太惊悚，也太炫技了。

意外的是你想不到故事里的故事竟然会跳出故事来。虚构时空里的人物竟然闯入了现实时空，阅读的人正是被阅读的人要谋杀的对象。

元叙述[①]以来，关于小说的小说、故事里套故事的套层结构已经不是什么新鲜的技巧。但是很少有小说家会让里层的故事跳出来改变外层的故事。这就如同电影《盗梦空间》的主人公最深层梦境中的“自我”最终改变了现实层面的他。可怕吧？

惊悚的是，情夫为什么要杀这个男人？这就需要追问，这个小说里的男人与读小说的男人之间是什么关系？

于是我们必须从头来梳理一遍小说。再读一遍，你会发现你被作者“耍”了。显然，小说主体部分对里层故事的叙述给了你诸多误导信息，让你误以为情夫的谋杀目标是与他爱意缠绵的情

① 元叙述（meta-narrative）是叙事学的一种技巧，具有叙述者在叙述中讨论叙述本身的自涉性特点（self-referential）。

妇。毕竟，“另一个必须毁灭的人的轮廓”并未点明究竟是谁。

那么，为什么谋杀对象是读小说的男人？也许读小说的男人，正是那个情妇的丈夫。情夫不是要终结婚外情，而是和情妇一同密谋，用杀掉丈夫来结束三角关系。不过，这只是读者的猜测。毕竟，根据前面的描述，男人只是酝酿着杀戮的情绪，并没有点名杀戮的对象。小说没有给出确切的答案，不正是小说的魅力吗？给你无尽的想象空间。

更何况，自阅读小说之始，我们其实是跟随着小说开头那个读小说的男人的视角，进入他正在读的故事。我们在潜意识中会更加认同这个读书的男人，因为我们就是他，他就是我们。所以当书里的人跑出来，绕到他身后，匕首投向他的时候，我们仿佛觉得小说的刀锋也投向了我们。

作者如何能达到这样欺骗性的效果呢？这与小说的叙事技巧有关。在这个小说里，科塔萨尔先大费周章地极力铺陈。没有前面的铺垫，就没有结局的意外。那么，作者是怎么铺垫的？有几个细节值得注意。

开头写主人公被小说吸引，闭户读书，特意强调了一句“背对着门”，这为杀手不动声色闯入并从背后刺杀埋下了伏笔。有一个屋内的陈设小说特意强调了三次——他那铺有绿色天鹅绒的扶手高背椅。这是一个极具辨识度的道具。最后我们怎么认出杀手从男人读的故事里闯入男人所在的世界中？也是依靠这张绿色天鹅绒扶手椅。

你看，好故事不仅是因为故事本身好，也是因为故事讲得好。好故事不仅能让读者在虚构的情节里享受追剧的快感，从故事内涵中领悟出现实的哲理，就连解读故事的叙事技巧，也是一门艺术。可以说，小说离不开叙事，怎么讲故事本身就是故事的一部分。

说实在的，这篇小说讲述的不是一个令人愉悦的故事。相反，这是一个令人细思极恐的故事。一个人被他正在阅读的人杀死。这意味着什么呢？在一个娱乐至死的时代，我们是不是也在被海量的网络信息、舆论甚至大众文化"杀死"？

这当然又是另外一个宏大的故事了。

所以你看，小说的魅力就是：它不是现实，却胜似现实。

它用艺术的手法让你思考现实，思考那些隐藏的本质、那些隐忍的情绪、那些如烟的往事。它让你在现实的一地鸡毛里，获得放飞的自由。

这本书精选若干或经典，或先锋的当代中外小说，以叙事技法为解码器，破译故事讲述成功背后的秘密。

我们将学习到关于小说创作与阅读的基本法则以及现代小说在运用技法上的突破与创新：

1. 视角——谁来讲述故事影响着故事的风格；

2. 语言——叙事语言与人物语言奠定故事的格调；

3. 人物——故事的主配角有哪些塑造方法；

4. 情节——故事的时间可以如何变形；

5. 场景——故事的空间可以如何流转；

6. 情绪——故事可以加上滤镜的色调。

作为读者，你看到的是小说万花筒里变幻万千的图案。作为评论者和创作者，你要谙熟万花筒成像的原理。这本书将向你呈现万花筒里的玻璃碎片和三棱镜如何透过光的反射原理将简单的图形切割、组合、幻化出奇妙的风景。小说的技法就是藏在万花筒里的玻璃碎片与三棱镜的组合。

最终，所有的技法都指向一个核心问题：超现实的现实。

小说就是一场魔术，用虚构的故事表现出对真相的洞见；用虚构的魔法实现对自我的超越、对世界的想象、对意义的追问。你会从这些故事中读到关于人类命运永恒的母题——成长、历险、寻找、复仇、和解、饶恕、救赎，等等。这些故事折射着我们每一个人对世界、对他人、对自己的欲望与恐惧、依恋与叛逆。我们成就着故事，故事也反身塑造着我们。因为伟大的故事，往往是关于宇宙、世界和人类浓缩的寓言。

目录

第一章　叙事　别忘了摄影镜头

叙事学是探讨讲故事方式的学问。叙事首先涉及叙事视角的问题，即谁来讲故事。只有天真的读者会以为，作者=叙事者。小说家的高明之处就在于伪装自己，如同不存在的摄影镜头一样，让故事自然流淌。一旦镜头暴露，伪装的真实就穿帮了。

那么，小说家借用哪些视角来伪装自己呢？

传统小说的“上帝视角”（又称“第三人称全知视角”）可以纵观故事走向，洞悉每个人物的心理，在关键处提醒读者上集回放，暴露人物内心独白，类似电影画外音。全知视角可以快速帮助读者进入故事，谁是好人、谁是坏人，一目了然。

当然，全知视角这种无所不知、无所不至的强大剧透能力往往也会削弱小说情节的悬念感和主题的丰富性。比起全知视角，现代小说更喜欢采用限制视角。所谓限制视角，通常表现为人物视角。在限制视角下，读者知道的和人物一样多，甚至不如人物多。比如，在悬疑小说、犯罪故事中，读者往往追随侦探/警察的视角，通过各种蛛丝马迹追溯犯罪过程，还原犯罪动机。阅读的快感就在于体验这些不可知的秘密被逐一揭开的过程。

叙事视角的选择不仅关乎故事怎么讲述，也关乎故事的整体风格。

❧谁在讲故事

弗兰纳里·奥康纳[1]被公认为是继威廉·福克纳以后美国最杰出的南方女作家。

奥康纳写过一个短篇，名字叫《河》。这个名字很普通，却是整个故事的灵魂。第一遍读的时候，你很容易以为故事是以常规的上帝视角来叙述的。

上帝视角/全知视角使读者像上帝一般俯瞰整个故事。读者洞悉人物的行为和潜在心理，知晓暴露的和隐藏的真相。当人物产生误会时，替他们着急；当情节走向胶着时，恨不得拨乱反正。中国传统的才子小说、评书，西方写实主义小说基本都是这个路子。上帝视角让观众有纵观全局、掌握一切的安全感，但如果叙事者的掌控欲太强，时常跳出来指点江山、品评人物，读者又会觉得啰唆而厌烦。

上帝视角的标志性语态是第三人称，叙事者的声音类似旁白。人物第一次出场时，一定会告诉读者，这是谁，在干吗。

《河》的开头亦是如此。

---

① 弗兰纳里·奥康纳（1925—1964）：美国小说家、评论家，《短篇小说全集》获美国国家图书奖，代表作有长篇小说《智血》，短篇小说集《好人难寻》《上升的一切必将汇合》等。其作品因情节弥漫着恐怖、荒凉、神秘的气息，被归入“南方哥特式小说”一派。

孩子闷闷不乐、没精打采地站在昏暗的客厅中间，他父亲正把他往一件格子外套里塞。没等他右胳膊从袖口伸出来，他父亲就硬把衣服给扣上了，然后推他到门口。半开的门里伸进了一只白森森、布满麻点的手。

"他还没穿齐整呢。"过道里一个声音大声说。

"那就看在基督的分上，帮他穿齐整吧。"父亲咕哝着，"现在是早上六点了。"他身穿浴袍，赤着脚。他把孩子推到门边，要关门的时候，隐约看到她在门外，身穿青豆色长外套，头戴毡帽，身上皮包骨头，皮肤上麻麻点点。

"还有我和他的车钱，"她说，"来回要坐两次车呢。"

他又折回卧室去拿钱。待他返回客厅，她和男孩双双站在客厅中间。她四下打量着。"我要是在你家给你做保姆，可受不了这股烟头味。"她边给他穿衣边说。

"这是零钱。"父亲说。他走到门前拉开门等着。

你看，这里有三个人物：孩子、父亲，还有一个女人。但你仔细一品，发现不对劲了。女人是谁？来干吗？叙事者没说。

所以这并不是上帝视角，虽然看起来是第三人称旁观叙事。但其实从第一句冷静、客观的场景描写往后，叙事的视角就不动声色地转移为人物视点下的限制视角。

人物视角的另一个特点是具有主观性。

客观叙述是：父亲给孩子穿衣服。

但几个细节：塞、硬扣上、推到门口，让我们感受到叙事者要传达的某种主观情感：父亲的不耐烦。特别是早上六点、穿浴袍、赤脚等细节，不难让我们联想到，父亲可能急于摆脱孩子，想要出门。

于是，刚一出场，父亲给读者留下的第一印象是：不大关心他的孩子。

从哪里得到这样的初印象呢？除了对父亲动作、神态、语气的细节描写，还有一个很重要的参照系——门外的女人。

那么疑点来了，门外的女人是谁？她要带孩子去哪儿？由于故事是从父亲的视点展开的，我们对此无从知晓，只能看到一个身影，听到一个声音。

接下来，通过女人的抱怨，读者会猜测这可能是临时来带孩子的保姆。限制视角的特点是，你一开始不能十拿九稳地知道人物关系，随着叙事情节的进展，你会不断更新或者颠覆之前的猜测。

在父亲与女人的对话中，读者隐约感受到了一种张力。陌生女人对孩子衣服的在意、对烟味的议论，与父亲的不在意之间的张力。

随着叙事展开，叙事视点也在对话间悄无声息地从父亲转向了女人。

女人不请自到地进了屋。她数完钱，开始观察客厅的陈设，评价墙上的水彩画。显然，“费力去看”“被几根黑线割得七零八落”是以她的审美为评判标准的，她并不欣赏这幅现代作品。这是一个小小的伏笔，从后面的故事——女人带孩子到她家，孩子看到床头的一张彩色画片，上面是头顶光环的耶稣正在锯木头，几个孩子围着他——我们会发现，一幅画，暗藏着保姆的世界与男孩父母的世界之间两个世界的张力。保姆的世界是传统的、有信仰的、有序的，男孩家的世界则是现代的、反叛的、杂乱的。

但故事开端埋下的梗还不只是两个世界的反差。两个世界是隐藏起来的，需要细心挖掘。更加明显的，是叙事节奏暗含的矛盾：父亲的急于摆脱和保姆的从容不迫。在暗流涌动中，涌现出对孩子母亲的一笔剪影。

> “好了，康宁太太，那就再见了。”他敲着门板说。
>
> 卧室里传来了一个苍白无力的声音：“给我拿个冰袋来。”
>
> “她妈妈病了，可真糟糕，”康宁太太说，“她什么病啊？”
>
> “我们都不清楚。”他咕哝了一句。
>
> “我们会让牧师为她祈祷的。他治好了很多人。贝福尔·萨姆斯牧师。她也许什么时候也该去找他瞧瞧。”

这一笔勾勒看似漫不经心，实则极其重要。请注意，说孩子妈妈生病的是康宁太太（从父亲之口，我们终于得知，这个女人叫康宁太太）。至于妈妈的形象，叙事者透露的客观信息就只有虚弱的声音和“拿个冰袋来”两个细节。读者在这样的画面暗示下，很容易相信康宁太太的判断——孩子的母亲生病了。况且，孩子的父亲并没有否认这一判断，只说“不清楚”。

于是，去找贝福尔牧师为孩子生病的母亲祈祷治病，就成为余下故事情节发展的动力。

对牧师的描写，有一个重复的细节，那就是他的名字。有趣的是，当康宁太太向男孩重复牧师的名字并称赞一番后，两个人出发。在公交车上，康宁太太问起男孩叫什么。男孩说自己叫贝福尔。

此时，上帝视角忽然介入，和人物视角交织呈现：

> 他叫哈里·阿什菲尔德，以前他从未想过要改个名字。“贝福尔。”他说。
>
> 康宁太太猛地挺直了后背。“真太巧了！”她说，“我告诉过你那个牧师也叫这个名字。”
>
> “贝福尔。”他又说了一遍。
>
> 她站在那里低头看着他，好像他在她面前显出了神迹。“今天我倒要让你跟他见见，”她说，“他可不是普通的牧师。他能治病。不过他对康宁先生倒没什么法子，因为康宁先生没有信仰……”

因为那句“他叫哈里·阿什菲尔德”的独白，读者立刻掌握到了小说中人物所不知道的真相。男孩不叫贝福尔，可是他却说他叫贝福尔。男孩为什么撒谎？上帝视角没说。

小说的悬念和伏笔在此产生。

作者写得很微妙。男孩并没说“我叫贝福尔”，而是两次重复了“贝福尔”这个名字。你可以说男孩在回答康宁太太的提问，你也可以理解为他在喃喃自语地重复他听到的一个信息。

可是这么一个小小的重复对康宁太太这个人物来说就很重要了。

重名在她看来是神迹，是天启，这坚定了她一定要带男孩去河边找牧师的决心。更重要的是，康宁太太对信仰的理解：信心足够大，才能得医治。

男孩顺着她的话头继续问：

“他能治好我吗？”贝福尔问。

“你生了什么病？”

“我饿了。”他终于选择了一种病症。

“你没吃早饭？”

“那个时候我还没空饿呢。”他说。

“那等我们到家，都吃点东西。”她说，“我已经做好了早饭。”

这一段对话让人忍俊不禁。男孩对“生病”的理解和成人不一样。病症本不能“选择”，饥饿或许根本不算一种病症。可是对男孩来说，饥饿确实带来了生理不适。这种幽默的背后是辛酸，我们再次看到了男孩的成长环境：疏于照料。

更值得玩味的是，从这一段对话开始，叙述者不再称他为“孩子”或是“小男孩”，而是直接称他为“贝福尔”。这既是从康宁太太的视角默认孩子的姓名，同时也不断强化读者的印象。

挪动的视点

自男孩到康宁太太家后，叙述视角又从康宁太太转向了男孩。

可怜的男孩遭到了康宁家三个孩子的捉弄，被猪追着满院子跑。其实，就在男孩被孩子们带到猪圈时，他就已经有了不祥的预感。原文的描述是“故意跌跌撞撞，一副行走不便的样子”。因为他想起了有一次保姆忽略了他，结果他被公园里的男孩们揍了一顿的惨痛经历。这又是一个令人读来心疼的细节。

由此，故事的主角孱弱、敏感、不算机灵也并不愚笨，却总是被忽略、被欺负、被排斥的形象，基本成形。

但这个令人同情的小男孩却在离开康宁家之前干了一件“坏事”。当康宁太太发现他信仰匮乏之后，向他展示自己太奶奶留下的一本古旧的耶稣生平故事书，他却悄悄把书“偷走”。小说对此只有三句话：

> 他们出发去治疗之前，他悄悄把书藏进了内衬，没让她瞅见。他外套的下摆因此一边长，一边短。他们一路走着，他如同做梦一般，神色安详。

这分明是偷窃，但奇怪的是，我们读起来却并不愤怒，甚至没有反感。我们会觉得，这不过是一个孩子无意识的行为，而且是一个既缺乏照顾，也疏于管教的“孤儿”。对弱者的同情战胜了道德评判。更何况，偷书不同于偷钱。书籍，特别是信仰书籍，至少代表着某种精神的追求吧。

终于，在一路闲情逸致的观花赏景后，小贝福尔被带到了河边。故事推进到了高潮。

小贝福尔从蒙眬的睡眼中看到站在水里的牧师，脸上皮包骨头，也不过是大约十九岁的青年。在众人期待的目光中，他唱完赞美诗，开始布道。

这时画面被切割成了两半：河里的牧师和岸上的信众。

牧师大声疾呼，不断强调，他从未说过他可以治病。如果人们不是因为耶稣而来，而是为了“把痛苦抛到水里”，他们是不可能把痛苦抛到水里的。

岸上立刻有人表示，曾经见过牧师治好了一个瘸腿的女人。

牧师却说：“如果你是为此而来，你也可以回去了。”然后，他再次布道，“只有一条河，这条河就是生命之河，是耶稣的血汇成的。我要你们把你们的痛苦抛到这条河里去，抛到信仰之河，生命之河，爱之河，耶稣的血汇成的红河里去。”

牧师进一步说：“那条河本来就是承载罪恶的。它带着满身罪恶，满身痛苦，流向基督之国，等着被冲洗干净。”

这一段话对中国读者而言可能有些隔膜。

奥康纳是虔诚的天主教徒。假如你对基督教有所涉猎，你会发现，其实牧师的这番布道涉及了信仰的内核。

显然，信众对信仰的期待是解决生活中具体的难处，比如疾病。然而，牧师却说，真正的信仰是解决罪恶的问题。

如果了解原罪论，你就会知道，人生苦难的根源是由于罪的咒诅。

贝福尔牧师的话非常曲折且自相矛盾。一方面他说他不一定能解决人们的病痛；另一方面，他又援引《圣经》福音书关于耶稣治病、使麻风病人变洁净，甚至让盲人复明、让死人复活的故事，来劝导岸上的人们，将悲伤、痛苦抛到这条信仰之河里。

在这里，奥康纳很巧妙地化用了《圣经》关于河水的比喻。耶稣说，“人若喝我所赐的水就永远不渴”(《圣经·约翰福音4:14》)，用的也是比喻。“水”在这里，显然是一种具有象征意义的修辞，既代表着清洁、洁净，也代表着新的生命。所以，牧师此刻其实是预备着给众人“施洗”，而不是治病，虽然治病可能是信仰所带来的附属品之一。

这就造成了他与信众、河与岸之间巨大的张力。

人们围绕着牧师产生了争论。

一个老者轻蔑地说，这个“孩子”(指贝福尔牧师，因为他很年轻)到这儿来不过是为了钱。紧接着，一个神秘女人的声音说，她亲身经历过，这个牧师能治病。在这个过程中，有一个盲人样的老妇人扑到水里被人拉上来，还有人把婴儿抱到水里洗脚。

人们期待的依然是现世安稳，自然不能理解牧师所说的另一个世界——基督之国。

但无论人们做何反应，牧师始终在唱他的赞美诗，布他的道，仿佛对一切纷争熟视无睹。

就在这样一种两个世界——牧师所说的灵魂层面的基督的国度和信众对现世生活获得改善的期待——的冲突与隔阂的铺垫下，康宁太太举起了小贝福尔，大声喊道：

> “牧师，你听我说，今天我从城里带来一个男孩，我是他的保姆。他妈妈病了，他希望你能为她祷告。还真巧——他也叫贝福尔！贝福尔，”她转身望向身后的众人说，“和他同名。这还不巧吗?”

这是一个戏剧性的时刻，作者描写得极为精彩。

这话在人群中引起一些低声的议论，贝福尔转过头来，向注视着他的人咧嘴笑笑。

“贝福尔，”他扬扬自得地喊道。

“告诉我，贝福尔，”康宁太太说，“你受过洗礼没有？”

他只是咧着嘴笑。

“我想他从来没有受过洗礼，”康宁太太扬起眉毛对牧师说。

“把他抱过来。”牧师说完向前跨了一大步接住了孩子。

他把贝福尔夹在臂弯里，凝视着那张欢笑的脸。贝福尔骨碌碌转动着眼珠子，一副滑稽样，把脸向前凑近牧师的脸。“我的名字叫贝——福——尔，”他用浑厚的声音大喊，舌尖在腮帮里转来转去。

牧师没有笑。他皮包骨头的脸上没有任何表情，细长的灰眼睛里映出了几近无色的天空。坐在汽车保险杠上的老者纵声大笑，贝福尔紧紧攥住牧师的后领。他脸上早就没了笑容。他突然醒悟这不是在闹着玩。在他住的地方，一切都是闹着玩。从牧师的脸上，他立即看出这个人的一言一行都不是在闹着玩。“名字是我妈妈给我取的。”他飞快地说。

“你受过洗礼没有？”牧师问。

“什么是洗礼？”他咕叽。

“如果我给你施洗，”牧师说，“你就可以进入基督王国。孩子，你要在受难河里浸洗，要在生命之河里漂流。你愿意吗？”

“我愿意。”孩子说，随即想到：那我就不用回家了，我要沉到河底去。

“那样你就和以前不一样了，”牧师说，“你就会数数了。”接着他转身面对人群，开始讲道。贝福尔看见他身后炽热的太阳撒在河里的碎片。冷不丁，牧师说：“好，我现在要给你施洗了。”旋即抱紧了他，把他倒提起来，把脑袋按到水里。牧师把他浸到水里，口中念着洗礼的经文，然后又猛地把他提起来，冷冷看着他拼命喘气。贝福尔眼前一黑，瞳孔散大。“你现在数数吧，”牧师说，“之前你还没数过数。”

小男孩吓得哭都哭不出来了。他吐出了嘴里的泥水，用湿漉漉的袖子去擦眼睛和脸。

“别忘了他妈妈，”康宁太太叫道，“他要你为他妈妈祈祷。她病了。”

“主啊，”牧师说，“我们为一个没有在场声明信仰的痛苦的人祷告。你妈妈生病住院了吗？”他问，“她痛苦吗？”

孩子干瞪着他。“她还没有起床呢，”他呆呆地高声道，“她喝醉了。”

空气一下子凝固了，他听到太阳的碎片撞击水面的声音。

牧师的表情既愤怒又惊愕。他涨红的脸色渐渐退去，天空在他的眼里阴沉了下来。岸边传来一阵哄笑。帕勒戴斯先生叫道：“哦！去治好那个醉酒的痛苦的女人吧！”说完用拳头猛砸自己的膝盖。

小说第一个高潮，一气呵成。

信息不对称造成了戏剧性的反转。

康宁太太把小男孩的玩笑当真，创造了一个神奇的巧合。小男孩陶醉在巧合带来的关注中，不把牧师的施洗当真，结果呛到水里吓得哭不出来。牧师把康宁太太的误会当真，为男孩的母亲祷告，结果被狠狠打脸。

这个高潮的戏剧性就在于这种多米诺骨牌般的连锁效应。谎言和真相接踵而至，而这里面有个词很关键，那就是“闹着玩”。

这个词再次向我们提示，孩子生活的那个世界充满玩笑、随意、放任、不羁。这就与此刻这个河里的世界的庄重、神圣、明确、严肃形成巨大的反差。

反过来，这个庄严、神圣的仪式又被孩子最终揭穿的低俗、不堪的真相打破。对于热心肠的康宁太太，千里迢迢的治病祈祷成了无稽之谈。对于以救赎为己任的贝福尔牧师，这个祈祷治病的神圣事工所做的成了一个天大的笑话。

加剧这种反讽效果的还有一个人物，就是始终在岸上泼冷水的老者帕勒戴斯。

小说至此还剩下一个不对称的信息需要揭晓谜底，那就是孩子的名字。当康宁太太把孩子送回家时，开门的是他的母亲。此时已经很晚了，男孩家却在开派对。男孩妈妈穿着黑绸长裤、夹趾拖鞋，脚趾涂着红色蔻丹，跷着腿躺在沙发上。

这个慵懒、时尚、前卫的妈妈和“流着鼻涕，张嘴呼吸”、困到眼睛半闭的儿子形成了对比。

对康宁太太来说，最后一击是孩子的名字。

“喂，哈里，”她说，“今天玩得高兴吗?”她的光滑而苍白的长脸上毫无表情。浅黄色的直头发向后梳去。

父亲走开去取钱。房间里还有另外两对男女。其中一个蓝紫色小眼睛的金发男人坐在椅子上凑过来说：“喂，哈里，老兄，今天玩得高兴吗?”

“他不叫哈里，他的名字是贝福尔。”康宁太太说。

“他的名字就叫哈里，”她躺在长沙发上，“谁听说过贝福尔这个名字?”

孩子似乎站在那里睡着了。脑袋越垂越低，突然他猛一仰头，睁开一只眼睛，另一只眼皮已经粘住了。

“他今天早上告诉我他叫贝福尔。”康宁太太吃惊地说，“和我们的牧师同名。我们一整天都在河边听讲道，看牧师治病。他说他叫贝福尔，和牧师一个名儿。他就是这么告诉我的。”

“贝福尔！”他母亲说，“我的上帝啊，这是什么名字！”

“那牧师就叫贝福尔，这一带再也没有比他更好的牧师了，”康宁太太说，“况且，”她用挑战的口吻说，“他今天上午给这个孩子施了洗！”

他母亲坐起来，“哦，真叫人受不了！”她嘀咕。

“还有呢，”康宁太太说，“他还给人治病。他为你做了祷告，要把你治好。”

“治好！”她几乎叫喊起来，“看在上帝分上，治好什么呀?”

“你的痛苦。”康宁太太冷冷地说。

在这一场对手戏里，康宁太太完败，以故作胜利的姿态。

她当然没有想过，这个堕落的家庭如此放荡不羁，小孩子也满嘴谎话。最终，当房间里的一伙酒徒拿祷告治病开玩笑的时候，康宁太太彻底受不了他们这种玩世不恭、不虔不敬的姿态了。

她“站了一会儿，注视着房间，像一具看透了世情的骷髅。然后，没拿钱就转身关上了身后的大门”。

康宁太太得多愤怒呀，一整天辛苦的工钱都没拿就转身走人。别忘了，刚出场的时候，她可是连来回车费都要算清楚的人。可以说，出奇愤怒的康宁太太对这一家人进行了道德审判。她大概觉得，这些人太败坏、太沦丧、太肮脏，已经无药可救了。

对康宁太太而言，她当然可以用负气的一走了之来逃离这个乌烟瘴气的地狱。但让人揪心的是，孩子呢？

作者用了一个细节表现孩子回到那个现实世界的处境。这个细节也是前文特意铺垫过的：那本他偷来的古书。

当他母亲发现了衣服内衬里的那本书时，孩子伸手去抢，“是我的。她给我的”。母亲却一把抢过来，把它高高举到他够不着的地方。她用夸张而滑稽的神情看了一秒钟后，所有人都围上去。酒友们开始研究，这本书“值钱得很”“是一件藏品”“一八三二年的老东西”。

孩子理直气壮地撒谎，显然在无意识中已经把那本书视为己有。

我们或许应该问一句，为什么？对这个孩子来说，这本关于耶稣生平的书，意味着什么？当时康宁太太为他念了其中一个故事，是耶稣把鬼赶到一群猪身上的神迹。或许，对于当时刚从被猪追赶的余悸中还没缓过神的小男孩来说，这个故事给了他一些安慰和温暖？

所以他悄悄地把书藏到了内衬里，所以他瞬间从睡意中清醒并伸手去抢。

但一本关于救赎的神圣的书，此刻沦为了一件可以卖钱的收藏品。更加耐人寻味的是，当男孩被驱逐回卧室睡觉时，作者是这么写的："贝福尔再次转身走向他的卧室。"

不是哈里，还是贝福尔。

我每次读到这里，都很揪心。显然，在康宁太太那里，男孩的实际名字已经揭晓。但是在男孩这里，他更愿意活在贝福尔这个角色中，不愿意回到哈里的世界。还记得施洗时，有一句男孩的内心独白吗？"那我就不用回家了，我要沉到河底去。"

其实这句话已经暗示了整个故事的结局。

一个对现实失望透顶的孩子渴望逃离到一个新的世界。

而康宁太太带他见识的那个信仰的世界，意味着这种可能。

因此，当母亲到他的床边追问混蛋牧师说了什么，今天又撒了什么谎（显然，母亲对于孩子惯于说谎已经习惯了）时，他叽里咕噜地说，"他说我现在不一样了，我能数数了。"

"不一样了"是这个孩子对自己生命的想象。

故事写到这里，已经完全从外部一点点渗透进入了孩子的内部世界，通过零星的碎片让我们在脑海中拼凑出了一个分裂的孩子：孤独不羁却渴望被爱，惯于撒谎却期待确定和归属。

所以，当内心对另一个世界的渴望被这一天的河边之旅唤醒后，就变得一发不可收拾。第二天一早，家里照例一片死寂，男孩先是到处找那本书，然后在百无聊赖中研究起自己的鞋子。从湿漉漉的鞋子，想到了那条河。

原文写道：“慢慢地，他的表情发生了变化，好像他渐渐看到了他无意识里寻找的东西。然后他突然知道他要做什么了。”

作者还进一步渲染这种暗示，当孩子在昏暗的光线里搜寻母亲的钱包时，他不仅找到了乘车币，还有半包“生命拯救者”（LifeSavers）糖果。

兴许是担心读者不够理解，奥康纳特意用了一个谐音梗，来强调男孩此刻寻求救赎的饥渴内心。

就这样，男孩没有带任何行李，循着记忆，踏上了昨天康宁太太带他去的自救之路。

当他走到了加油站附近的时候，他被正在门口喝饮料的帕勒戴斯先生看到了。

细心的读者会发现，这个帕勒戴斯先生不是第一次登场。作者之前反复铺垫。

早在康宁太太把追赶男孩的猪赶走时，就提过一嘴：“那猪很像帕勒戴斯先生，他是个开加油站的……今天治病的时候你就能看到他。他耳朵上生了个毒瘤，每次都来招摇，说他还没被治好。”

在河边治病的情境中，也是这位老先生反复搅局，质疑牧师的能力。

有的小说家写故事是这样的：随着剧情推进，有需要了，就临时加进一个人物；故事编不下去了，就干脆让人物消失。有的小说家则从不会突兀地随便加人，也不会莫名其妙地把人物写丢，他在下笔之前已经对整个故事进行过整体的筹谋。每个人物应该在什么时候出场，什么时候隐退，什么时候再次出场，他都了然于胸。即使像帕勒戴斯这样一个不起眼的小人物，在前面的情节作者都有所铺垫。这类似中国传统小说评论所说的“草蛇灰线”。

可是每一个人物都需要这样前前后后勾连回顾吗？当然不是。

读到最后你会发现，帕勒戴斯不是一般的次要人物，他在叙事上承担着重要的功能。

在小贝福尔奔向自救之路的途中，叙事由单一视点变成了在两个人物视点——小贝福尔和帕勒戴斯老头之间的游移，视点来回切换。

小贝福尔继续走，一路快跑地钻过树林，汗流浃背。

帕勒戴斯装上一根薄荷味棒棒糖，开车慢慢地去追男孩。直到河边，他手上提着没有上鱼饵的钓鱼线，等在岸边。

贝福尔压根没看见他。他只看到泛着红光的河水。

> 他没有脱鞋子和衣服就跳了下去，呛了一大口水。他咽下一部分，把剩下的吐了出来。他站在齐胸深的水中，四下张望。浅蓝色的天空非常清澈，完整无缺——只有太阳在它上面钻了一个洞——树梢给天空镶了道底边。他的外套漂在水面上，围绕着他，像一片奇异而鲜艳的睡莲叶一样展开。他站在水里，面对太阳咧着嘴笑。他不想再捉弄牧师了，他

想的是给自己施洗。这次要一直这样漂着，直到在河里找到基督之国。他不想浪费更多的时间了。他立即把头埋到水里，向前蹚去。

这一段写得如此舒展、优美，以至于我们几乎忘了，这个孩子正在自杀呀！

这一次，“什么都是闹着玩”的孩子把牧师在象征层面的隐喻当真，他真的以为，顺着河流就可以漂到基督的国度。

小说紧接着从男孩的视角移向了老者的目光：

一秒钟后，他开始大口喘息，口喷水沫，头部再次浮出水面。他又一次把头埋到水里，同样的状况又发生了。河不要他。他再试一次，又浮出水面，呛了几口水。昨天牧师把他摁下去的时候也是这样。有什么东西把他的脸向上推，他要与它对抗。他停下来突然想到：这又是在闹着玩，这不过又是在闹着玩！他想到自己从老远跑来劳而无功，不由得冲吝啬的河水拳打脚踢。这时他的双脚已经踩空。他发出了一声痛苦而愤怒的低吟。接着他听到一声大吼，看到一只肥猪模样的东西向他蹦跳过来，一边挥舞着手里一根红白相间的棍子，一边咆哮。他又一次钻进水里，这一次等待他的河水像一只细长而温柔的手抓住了他，飞快地将他向前拖去，往下拖去。一刹那间，他被恐惧攫住了。他在迅速移动，而且知道自己会去向何处，愤怒和恐惧就都消散了。

帕勒戴斯的脑袋不时从水里冒上来。在很远的下游，老者像一只古老的水怪终于钻出了水面，两手空空地站在那里，一双无神的眼睛注视着那流去下游方向的河水。

就在男孩为“这不过又是在闹着玩”而愤怒之时，河水成全了他。对他来说，跳到河里追逐他、企图挽救他的老者，反而如同之前戏弄他的那头猪一样，是要把他拽回到这个绝望世界的讨厌怪物。

本应是汹涌可怕的浪涛，却成了“温柔的手抓住了他”；本应是残酷的跳河自尽，却成了解脱和皈依。在小说叙事的层层铺陈下，我们从男孩的视角看待这场“赴死”，反而觉得死亡是幸福的，活着是残忍的。

多么悲惨的真相。

小说的结尾从老者的视角，给了读者一个空镜头。镜头里，除了流水，什么也没有。我们不知道老者在经历了这个事件之后，是否会改变他对信仰的态度。

或许他依然是一个看重现实利益的实用主义者，这件事加剧了他对信仰的怀疑，觉得孩子被骗了。也或许，他会不会去思考，是什么让一个孩子在经历了一次洗礼后，做出如此决绝的选择？

变形的人物视点

当奥康纳发表她早期的长篇小说《智血》时，她的作品就引发了读者两极化的评论。面对很多人的不解甚至愤怒，她解释说：“一个有基督信仰的小说家会在现代生活里发现令他厌恶的扭曲，他的问题是让这些东西在一个习惯了将之视为自然的读者那里显现为扭曲……对于近乎耳聋的人，你要大声喊叫；对于视力不清的人，你要画出大而惊人的人物。”

在小说《好人难寻》中，奥康纳以更加夸张、变形、漫画式的人物视点呈现出人物的主观世界与客观现实之间的巨大差异。

小说开篇即出手不凡。老太太想劝儿子不要去佛罗里达，而去田纳西陪她见熟人。但她没有直接说她想去田纳西，而是喋喋不休地唠叨着一本记录着犯罪信息的杂志，杂志刊登了一条关于名叫“格格不入”的逃犯越狱后正向佛罗里达州逃窜的新闻。

“你倒是看看哪。我是绝对不会把我的孩子们往那儿引的。要不我良心上怎么过得去啊？”

老太太的言外之意是，如果去佛罗里达就很可能会遇险。但她委婉的威胁并没能说服儿子。于是她将游说目标转向儿媳妇：“你应该把他们往别处带带，他们才能知道其他地方是什么样儿，才能长点儿见识。他们还从来没去过田纳西呢。”

儿媳妇还是充耳不闻。于是，她只能转向儿孙们叨唠。

> “啊，要是这个人，这个‘格格不入’抓住了你们，怎么办？”老太太问。
>
> “我会扇他一耳光。”约翰·卫斯理说。
>
> “给她一百万，她也不愿意在家待着。”朱恩·斯塔说，“她怕吃亏。我们上哪儿，她都要跟去。”
>
> “好了，大小姐，”老太太说，“下次你再求我给你卷头发，你倒是试试看。”

朱恩·斯塔说自己天生就是卷发。

老太太关于在逃罪犯“格格不入”的警告，最后在孙子这一句初生牛犊不怕虎的童言中结束。而孙女朱恩揭短的大实话，不知道是在怼祖母，还是自言自语，抑或是对读者解释，道出了老太太既黏人又掌控欲强的性格特点。

老太太的视点以一种“都是为了你们好”的道德制高点，掩饰她其实是想要去探访老友的实际意图，而孙女的视点则拆穿了这种以“好人”自居的谎言。

当然，这段对话最大的悬念是，为后面的旅行埋下了一颗不定时炸弹：那个不和谐音“格格不入”。

更有趣的是，老太太这种活在对自我的想象中的视点随着情节的发展愈演愈烈，直至她所见、所言、所想的与实际发生的差距越来越大，最后人物视点被现实撕裂。

老太太上车时，偷偷在行李篮里藏了一只猫。小说是以老太太的视点这么写的：

她可不愿让它独自在家待上三天，它会想死她的，也许还会不小心碰动煤气开关，窒息而死。她儿子柏利肯定不愿意带着一只猫进汽车旅馆。

从老太太这一人物视点看，偷偷带猫当然有她合情合理的理由，虽然她知道自己的儿子其实并不愿意带。但从后面的情节看，正是这只私藏的猫在沟渠路上突然蹿到开车的柏利肩膀上，导致车子翻到沟渠里。正是因为这场意外的车祸，全家人滞留，果然遇上了“格格不入”。

文章中这样极具讽刺的细节比比皆是。

老太太穿戴整齐，海军蓝连衣裙的领口、水手帽的帽檐都别着白色的紫罗兰花束，是为了“万一发生车祸，她死在公路上，所有人能一眼认出她是位有品位的太太”。

老太太完全沉浸在自己的世界，一路上一直跟孩子们讲述田纳西的记忆，即使是信口开河的胡诌也说得煞有介事。车祸发生后，作为“罪魁祸首”的她并没有反思自己的固执，而是一面呻吟着“我觉得我伤到内脏了”，一面观察家人的脸色，发现儿子气得咬牙切齿，才决定不再提田纳西的事情。

故事的高潮是和她心心念念的“格格不入”的不幸“偶遇”。“格格不入”和两个同伴恰巧经过了事故现场。本来，老太太一家或许还可以逃过一劫，但是，老太太认出了“格格不入”，并愚蠢地说了出来。

老太太一声尖叫，摇摇晃晃立起身，直勾勾地看着他。“你是那个‘格格不入’的人！”她说，“我一眼就把你给认出来了。”

“没错，太太。”那个人微微笑着应着。即便被人认出来了他好像也很开心，“不过，太太，要是你没认出我，对你们倒未尝不是好事。”

真是奇葩遇奇葩。老太太蠢到自暴知情人身份，将全家人推向被灭口的险境。而逃犯对自己的逃亡身份似乎一点都不忌惮，反而很高兴成为“名人”。只有老太太的儿子欲哭无泪，眼睁睁看着自己愚蠢的母亲把所有人卖了。

> 柏利猛一扭头，对他母亲说了句什么，就连孩子们听到都大吃一惊。老妇人哭了出来，“格格不入”脸涨得通红。
>
> “太太，”他说，“你别难过。男人有时候有口无心。我想他不是故意那么跟您说话的。”
>
> “你不会冲一位老太太开枪，对吧?”老太太说着从袖口抽出一条干净的手帕擦了擦眼睛。
>
> “格格不入”用大脚趾在地上钻出一个小洞，然后又用脚把洞填上。“我讨厌被逼上绝路。”他说。
>
> “听我说，”老太太简直要扯破嗓子了，“我知道你是个好人。你看起来一点都不凶。我知道你是好人家出身。”

儿子说了什么？小说没有直接叙述。但从孩子们的反应和杀人犯的“安慰”来看，一定是破口大骂，骂老太太的自以为是，骂她的愚昧无知。你可以说她愚蠢，也可以说她幼稚，或者是自以为是的迷之自信，老太太竟然希望通过卖惨和恭维来唤起一个杀人犯泯灭的良知。

遗憾的是，“你不会冲一位老太太开枪，对吧”的道德预设和“我知道你是个好人”的善意肯定并没能起到预期的效果，擦眼泪的即兴表演也没能激发“格格不入”的怜悯。

随着家里人从儿媳到小孩，一个个被“格格不入”的同伙拉到树林里枪决，老太太从劝说变成了呻吟，从呻吟变成了尖叫。在命悬一线的危急时刻，连她祈求的“耶稣”听起来也像是诅咒。她呻吟着“祷告啊，祷告”，与其说是在劝“格格不入”弃恶从善，倒不如说是在提醒自己转向宗教信仰寻求最后的奇迹。老太太不断为“格格不入”的罪行辩解，希望能证明他其实是一个善良的人，让他回转寻求宗教的忏悔，“格格不入”却丝毫不认为他需要救赎。

就在两个人牛头不对马嘴的对话中，又是两声枪响。或许在儿子被杀的那一刻，老太太彻底清醒了两秒钟：

“柏利，我的儿啊，柏利，我的儿啊！”好像心都要碎了。

但“格格不入”对老太太面临的现实危机依然是漠不关心、毫不在意。他继续着他们之前关于信仰的对话，认为耶稣不应该让死人复活，然后说出了也许是他犯下所有恶行最重要的动力——“杀人啊，放火烧这个人的房子啊，要不就对他干点别的坏事儿。不干点坏事儿就没乐趣了”。

你当然不能唤醒一个装睡的人，你也不能改变一个以作恶为乐的人。

在这个小说里，罪犯的逻辑非常清晰。犯罪不需要辩解，不需要进行什么犯罪心理研究，不必找成长创伤的经历。老太太的失败就在于，她以为可以挖掘对方内心的善意来改变对方。当然，她这种孜孜不倦的努力倒不是出于拯救世界的使命，甚至也不是为了挽救家人，最主要的还是为了自救。眼看着自己的亲人一个个命丧枪声中，她甚至还告诉“格格不入”可以去儿子的行李箱里找到能把血迹斑斑的衣服替换掉的运动衫。

但当她从站着俯视“格格不入”、问他“你做祷告吗”，到跌坐在沟渠里头晕目眩地低语“你是我的儿呀，你是我的亲儿”，老太太丧失了宗教高位的自信，终于在性命攸关的时刻，暴露出自己隐藏的无力、脆弱、自私和恐惧。

在小说结束处，当“格格不入”把老太太枪决后，同伙吐槽老太太废话真多，“格格不入”说出了整个故事最耐人寻味的一句话：

> “她可以变成个好人的，”“格格不入”说，“要是每分每秒都有人对她开枪的话。”

极端的处境才能显出人性真实的面孔。

自以为是、自欺欺人的老太太终于在油盐不进的杀人狂魔手下原形毕露。小说在老太太的主观视点和儿子、孙子、杀人犯的视点中移动，让我们看到了人物主观视点被夸大或遮蔽的部分，看到了人物伪装的内心世界。

可以说，几乎所有伟大的文学作品都是如此，用扭曲、变形的艺术手法，让你看到你所无视的那些庸常生活中的荒诞和可怕之处。

许多小说家的“扭曲”，是用漫画式的笔法放大人物的可笑、可恨、可怜之处，来引发读者的注意，比如鲁迅的阿Q、巴尔扎克的高老头、卡夫卡的格里高尔等。

但我总以为，奥康纳的“扭曲”是反过来的。

她不是把彼岸写得很美好，把此岸写得很邪恶。

她的“邪恶”是，把此岸和彼岸都写得很可疑。

小说《河》中，男孩的一家没有任何信仰可言，固然是过得浑浑噩噩，但是康宁太太一类人就真的理解信仰的真谛吗？

用此岸的眼光去审视彼岸，彼岸同样显得遥远、不可能、不可理解，甚至它的神圣性、合法性、合理性也被消解了。奥康纳常在小说中反讽那些站在“宗教”“道德”制高点自以为是但其实并不理解真理的价值评判者。比如，《好人难寻》里为求自保而向歹徒传教的老太太，《河》里康宁太太看似虔诚，其实也不过是寻求今生安好的“伪信徒”。

更加严酷的是，奥康纳提出了一个追问：对于那些敏感地洞察到现实的痛苦，真心想要寻求拯救的人，比如《河》里的小贝福尔，救赎真的可能吗？

但反过来看，你能说这不是一种救赎吗？

大众文学通常会在结局处给出解决矛盾的方案，无论是善有善报、恶有恶报的“happy ending”，还是美好的事物被毁坏的悲剧结局。

然而现实远比这复杂得多、纠结得多。

真正深刻的作品，是让你看到这种难以归类的情形，这些无法解答的疑问。

或许正如笛卡尔的那句已经被用烂了的名言“我思故我在”，如果停止了对生命意义的追问，那么我们和机器上的螺丝钉何异？

第二章　语言　冰山下的暗流涌动

小说语言分为两种：叙事语言和人物语言。

如果我们从叙事的角度细分，一个故事至少应该有两个空间。一个是叙述者讲述故事的外部空间，一个是故事内人物活动的内部空间。叙事语言指的是外部空间里叙事者的叙述，人物语言则指内部空间里小说人物的对话和独白。

人物语言可能是人物的独白，也可能是对话。人物语言必须贴合人物形象，什么人该说什么话。而叙事语言则取决于叙事者是谁。比如，上帝视角其实是作者声音的代言人。假如不加节制，很可能会让读者感觉到作者在叙述过程中跳出来指点江山、激扬文字。雨果就很喜欢在小说中发表议论。当你在读《悲惨世界》或是《巴黎圣母院》时，相信总会遇到这样的情况：故事情节中突然插入义愤填膺的批判或者激情高昂的赞美。这可能会让你有些不适应，因为外部空间强行介入内部空间而打破了叙事的平衡。

现代小说的高明之处在于，叙述视角不再是传统古典小说那样无所不知的上帝视角。叙述者可能是从人物视点出发，或者游移于二者之间，叙事的外部空间与内部空间往往交叠，让人几乎察觉不到叙述者的立场。人物对话变成了自由直接引语，你不仔细看，甚至弄不清楚谁在说话，仿佛人物自主掌控着故事，众声喧哗。

请看以下的片段：

> “哈特，”巴库太太喊道，“哈特，快来呀。车子压着他了。”
>
> 哈特正在打扫牛棚，听见巴库太太的叫喊后笑了。“记得我怎么说的吗？”哈特说，“干傻事迟早遭殃。这么崭新的车，谁叫他去瞎折腾！”
>
> “他说曲轴不灵了。”
>
> “那么他是要找曲轴吗？”
>
> “哈特，”巴库在车底下喊道，“等你把我从车底下拉出来后，看我不马上拧断你的尾巴。”
>
> “男人，”巴库太太说，“你还逞什么能啊！人家好心来帮你，你还要揍人家。”
>
> 哈特一副受委屈的样子。

这是V.S.奈保尔[①]短篇小说集《米格尔街》中的一个短篇《机械天才》中的一个段落。这里涉及三个人物：巴库夫妇和邻居哈特。这段对话的传统写法是，每次出现对话，都有人物名字。巴

---

① V.S.奈保尔（1932—2018）：英国印度裔作家，2001年诺贝尔文学奖获得者，代表作有《米格尔街》（获毛姆奖）、《自由国度》（获布克奖）、“印度三部曲”等。

库太太说……，哈特回答道……，巴库说……，如此云云。但显然，这段对话中间有两句自由引语，并没有出现对话的主体。根据上文，我们知道这是巴库太太和哈特的讨论，哈特揶揄巴库瞎折腾，这番讨论又引发了被压在车子底下修车的巴库对哈特的反击。因为没有出现新的人物，所以两个人第一回合对话后用自由引语显得简洁且流畅。后面巴库太太的那句“男人”没有说明她是对着哪个男人（巴库还是哈特）说的，但从前后文看，指的应该是她自己的丈夫。最后一句，哈特只有一个表情，却十分传神。

叙事语言融合于人物语言中，叙事简约流畅，耐人寻味。

❧人物对话：冰山一角

现代小说呈现人物对话最常见的方式有两种：直接引语和间接引语。

直接引语是直接记录人物和他说的话。比如，他伸手过去，说：“你给我吧。”

间接引语是叙事者间接转述人物的话语，没有冒号、双引号。比如，他伸手过去，让她把东西给他。

现代小说发明了一种新的人物对话方式：自由引语。

自由直接引语是，不加任何引导（某人说）和引号的直接引用。比如，他伸手过去。你给我吧。

自由间接引语是，不加任何引导和引号的间接转述。比如，他伸手过去。他让她把东西给他。

自由直接引语的特点是，去除了引导提示，直接呈现人物话语，自由地在客观叙述和人物语言、主观感受、内心独白之间移动、转换，实现一种自由的意识流动。而自由间接引语则直接呈现叙述者的转述，是一种对人物内心独白的揣测性表达，呈现一种拉开距离的冷静叙述。

我们不妨再重温一下上一章讨论过的《好人难寻》。

> “好了，大小姐，”老太太说，“下次你再求我给你卷头发，你倒是试试看。”
>
> 朱恩·斯塔说自己天生就是卷发。

这里，小说从老太太的直接引语转换为对孙女的自由间接引语，由人物主观视点下的对话疏离为客观叙述，呈现出祖母威胁之语的言过其实和孙女对祖母的不服气。

自由直接引语的好处是简洁、自由，问题是用不好可能把读者弄迷糊。比如，海明威的短篇小说《杀手》中的对话，不联系前后文语境，很容易读得云里雾里。

> “亨利快餐馆”的门打开了，走进来两个人。他们靠着柜台坐下。
>
> “两位要点什么？”乔治问他们。
>
> “我不知道，”一个说，“你想吃点什么，阿尔？”
>
> “我不知道，”阿尔说，“我也不知道自己想吃什么。”
>
> 天慢慢暗下来，窗外街灯开始亮了。两个汉子坐在柜台

边，看着菜谱。柜台的另一端，尼克·亚当斯注视着他们。他们进来的时候，他正和乔治聊天。

“来一份烤猪腰肉蘸苹果酱和土豆泥，”第一个汉子说。

“还没做好。”

“活见鬼！那你把它写到菜单上干吗？”

“那是晚饭，”乔治解释道，“六点钟就可以吃上。”

乔治看了看柜台后面墙上的挂钟。“现在是五点钟。”

“钟上是五点二十分，”第二个汉子说。

“这钟快了二十分钟。”

“嗨，去他妈的什么屁钟吧！”第一个汉子说，“你到底有什么好吃的？”

“我可以给您送来各种三明治，”乔治说，“您还可以点火腿和鸡蛋，培根和鸡蛋，猪肝和培根，还有牛排。”

“我要炸鸡肉饼拌青豆，再加果酱冻、土豆泥。”

“这些都在晚餐供应。”

“我要的都是晚餐，呃？你就这样伺候我吗？”

“我可以给您送来火腿和鸡蛋，培根和鸡蛋，猪肝……”

“我要火腿和鸡蛋，”那个叫作阿尔的人说。

他头戴一顶圆礼帽，穿一件黑色大衣，纽扣在胸前横扣过去。脸庞瘦削苍白，嘴唇紧紧抿着，脖子上围一条丝围巾，戴手套。

“给我培根炒鸡蛋，”第二个人说。他身材和阿尔差不多，两张脸很不相同，可是穿得像对孪生兄弟，两人都穿着紧绷绷的大衣。他们俯身向前，胳膊肘搁在柜台上。

“有什么喝的吗?”阿尔问道。

“淡啤酒，姜汁汽水。”乔治回答。

“我是问有什么酒可喝?”

“就是我刚才说的那些。”

“这镇子真闷热,”另一个人说,“这镇叫什么名字?”

“萨姆密特。”

“听说过吗?”阿尔问他的同伴。

“没有,”同伴回答。

“晚上他们到这儿做啥事情?”阿尔问。

“吃晚饭,”同伴说,“他们都来了，吃一顿丰筵。”

“来了,”乔治吆喝道。

“行了吗?”阿尔问乔治。

“喏，当然。”

“你挺机灵，是吗?”

“可以这么说吧。”

“嘿，根本不像,”小个子说,“阿尔，他行吗?”

“他是个聋子,”阿尔道，转向尼克:“你叫什么名字?”

“亚当斯。”

“又是个滑头,”阿尔道,“马克斯，他看上去挺机灵的，是吧?”

“整个镇子都是些机灵鬼,”马克斯说。

乔治在柜台上放下两个浅盘，一盘是火腿和鸡蛋，另一盘是培根和鸡蛋，又拿来两碟烧土豆小菜，顺手把厨房的便门关上。

为什么作者不直接写出两个人的名字，而是“一个”“另一个”“第一个汉子”“第二个汉子”，搞得我们弄不清到底谁是谁呢？

因为这里的人物对话看似是第三人称上帝视角，其实是快餐馆里的人的视角观看。或许是服务员乔治，或许是食客尼克·亚当斯。试想，当快餐馆里的人看到这两个风尘仆仆而来的生客时，当然不可能知道他们叫什么名字。只有当其中一个称另一个为“阿尔”，我们才知道那个人的名字。第一个、第二个的顺序，也是根据两个人对话的先后顺序而言的。此后对两个人的称谓，或者是按照这个顺序，或者是称阿尔和他的同伴。直到阿尔说“马克斯，他看上去挺机灵的，是吧？”我们才知道另外那个同伴的名字叫“马克斯”。

这就是典型的人物视角下的对话语言。

由于作者故意限制了叙事语言，我们必须跟随着人物的视角进入故事内部，去猜测人物之间的关系，人物语言背后的潜台词、心理状态。阿尔为什么火药味那么浓？仅仅只是因为没有满意的食物吗？可一开始他们分明是“不知道”吃什么啊？

从后面的情节看，显然两个人的心情并不在吃上。当乔治上菜后，这两个人竟然忘了自己点的是哪一个。从他们相似的装扮（紧绷绷的大衣）、苍白的面色以及对周围环境警惕的表现看，这两个人定非等闲之辈。譬如，尼克只是回答姓没有回答名，他们就断定他是个“机灵鬼”。两个人防备意识很强，也就对别人的有所保留十分敏感。

另外，英文中内涵丰富的词也加剧了表意的多重性。“喝一杯”在原文里是“drink”，这个词本就是双关语，可以特指喝酒，也可以是喝饮料、喝水。侍从误解了客人的意思就是由这种高度简洁的对话造成的。

想喝酒，觉得镇子“闷热”，每个人都是“机灵鬼”表达的是人物的心理感受。再联系小说标题，读者不难猜到，这两个人的身份可能是杀手，这是他们在完成谋杀行动前的晚餐。他们并不饿，来餐厅或许是伺机而行的等待，或许是大事将至的喘息，紧张、躁动、焦虑、警惕的情绪贯穿人物对话。

这就是海明威“冰山理论”的艺术效果，语言高度简练，内涵十分丰富。作者只写表面的信息，让读者推断表象背后的真相。

从以上所举的例子不难发现，小说的语言（叙事语言、人物语言）不仅影响人物塑造，也会影响叙事的整体风格。叙事语言盖过人物语言时，叙述空间侵占故事空间，叙述者强行闯入故事层发表议论、抒发感情会破坏故事的连贯性和可信度，时刻提醒读者，这是一个虚构的故事，有一个叙事者的存在。但只有人物语言、缺乏叙事语言，叙述空间被压缩到极致，小说阅读难度又太大，有太多言外之意需要读者解码。

“潜台词”比台词还重要

有时候，写好小说不是要做加法，而是要做减法。优秀的小说家也是审美意趣极高的画家，懂得“留白”的妙处。这种妙处，海明威称之为“冰山一角”，略萨[1]称之为“隐藏的材料”。叙事者不需要把所有情节、内幕都告诉读者，而是让读者通过人物对话的蛛丝马迹去捕捉隐情背后的实情。适当的省略反而可以制造悬念，增加内容的丰富性、可能性，激发读者的想象和期待。

2017年诺贝尔文学奖得主、日籍小说家石黑一雄[2]就十分擅长使用这种减法。他的代表作《远山淡影》中有大段两个母亲见面时的对话。

“我”（悦子）是一个怀孕的准妈妈，“我”因为关心单亲妈妈佐知子的女儿万里子而与佐知子成为朋友并帮助她找到了工作。小说中，佐知子与万里子这对母女的关系在“我”（悦子）的视角下呈现出十分微妙、耐人寻味的张力。

我们来看悦子和佐知子的一段对话：

> 佐知子转过身站住，等我追上她。“什么事？”她问。
>
> “找到你太好了，”我有点上气不接下气地说，“你女儿，我出来时看见她在打架。就在水沟旁。”
>
> “她在打架？”
>
> “和另外两个孩子。其中一个是男的。看起来打得

---

① 马里奥·巴尔加斯·略萨（1936—　）：秘鲁、西班牙双国籍作家，代表作有《绿房子》《世界末日之战》等。曾获1994年塞万提斯奖、2010年诺贝尔文学奖。

② 石黑一雄（1954—　）：日裔英国小说家，代表作有《远山淡影》《浮世画家》《长日将尽》等，曾获1989年布克奖、2017年诺贝尔文学奖等，与鲁西迪、奈保尔并称“英国文坛移民三雄”。

挺凶。”

“我知道了。”说完她继续往前走去。我跟在她的旁边。

“我不是想吓你，”我说，“可真的看起来打得挺凶。事实上我想我看到你女儿脸划伤了。”

“我知道了。”

“就在那里，空地边上。”

“你想他们还在打吗？”她继续往山上走。

“呃，我想不打了。我看见你女儿跑了。”

佐知子看着我，笑了笑。“你不习惯看小孩子打架？”

“呃，我想小孩子是会打架。但我想我应该告诉你一声。还有你看，我想你女儿不是要去上学。另外两个孩子继续往学校的方向走，而她却回河那边去了。”

佐知子没有回答，继续往山上走。

“其实，”我接着说，“我以前就想跟你说了。是这样的，最近我时常看见你的女儿。我在想，她是不是偶尔会逃学。”

小路在山顶上分岔了。佐知子停住脚步，转向我。

“谢谢你的关心，悦子，”她说，“你真好心。我肯定你会是一位好母亲。”

这段对话很蹊跷。

佐知子对待女儿万里子的态度几乎可以用漫不经心来形容。作为路人的悦子看不下去，主动提醒佐知子关注女儿的情况，佐知子却无意追问女儿和谁打架，被打伤了吗。反倒是悦子一再补充说明情况，而佐知子只是简短地回了两个“我知道了”，敷衍了事。

之前我和电车站的女人一样认为佐知子三十岁上下。然而也许是她略显年轻的身材骗了大家，她的脸远不止三十岁。她用一副觉得有点好笑的神情看着我，而她神情里的某些东西让我尴尬地笑了笑。

“很感激你这样来找我，”她又说道，“可是你瞧，我现在忙得很。我得到城里去。”

“知道了。我只是想最好来跟你说一声，没别的。”

她又用那副觉得好笑的神情看了我一会儿，然后说：“太谢谢你了。现在请原谅，我得到城里去了。”她欠了欠身，走向通往电车站的小路。

“只是她的脸划伤了，”我稍稍提高了声音，说，“而且河那边有些地方很危险。我想最好来跟你说一声。”

她再次转过身来，看着我。“你要是有空，悦子，”她说，“今天能帮我看一下女儿吗？我下午会回来。我肯定你们能处得来。”

“要是你希望如此，我不介意。我得说，你女儿看上去还很小，不能让她一整天自己一个人待着。”

“太谢谢你了，”佐知子再次说道，然后又笑了笑，“没错，我肯定你会是一位好母亲。”

佐知子对自己的女儿漠不关心，还笑话陌生人悦子的担心小题大做。但最后她又拜托悦子帮她照看孩子，并两次称赞她会是个好母亲，似乎又不能说她对孩子完全不上心。

人物对话这种前后矛盾、不合常理的逻辑向读者传递着丰富的暗示信息。

再来看悦子与万里子的对话：

“你好，”我说，“我刚刚和你母亲说话。你肯定就是万里子吧。”

小女孩还是盯着我，没有吭声。之前我以为她的脸受伤了，现在看清楚那只是被土弄脏了。

“你怎么没去上学？”我问。

她还是不说话。过了一会儿才说：“我不上学。”

“可小孩子应该上学。你不想去吗？”

“我不上学。”

“可你妈妈没有送你到这里的学校去吗？”

万里子没有回答。相反，她往后退了一步。

“小心，”我说，“你会掉到河里的。很滑。”

她还是站在坡底抬起头来瞪着我。我看见她的小鞋子躺在旁边的泥土里。她的脚丫子和鞋子一样陷在泥土里。

“我刚刚和你母亲说过话，”我说，亲切地笑了笑，“她说你可以到我家来等她。就在那里，那栋楼里。你可以来尝尝我昨天做的蛋糕。好不好，万里子？你还可以跟我说说你自己。”

万里子还是小心地看着我。然后，她一边目不转睛地看着我，一边弯下腰捡起鞋子。一开始我以为她这是要跟我走。可是她还是一直盯着我，我才明白她是抓住鞋子随时准备跑掉。

> “我不会伤害你的，”我紧张地笑了笑，说，“我是你妈妈的朋友。”
>
> 我记得这就是那天上午我和万里子间发生的一切。我不想吓着她，不久就转身回去。这孩子的反应着实让我失望；那时，这类小事都会让我对做母亲产生怀疑。我对自己说，这不是什么大不了的事，将来我一定有机会和这个小女孩做朋友。

整段对话万里子没有几句台词，即使有也十分简短。

从“盯着”“小心地看着我”和被土弄脏的脸及“不去上学”等细节看，这是一个对人十分警惕、生存能力很强又疏于被照料的“野孩子”。万里子为什么不去上学而在外面游荡？万里子并没有回答，也没有叙述者以上帝视角的画外音跳出来解答，读者只能带着疑问往下看。万里子对“我”的冷淡让“我”更加想要认识她，和她做朋友，这也为后面的故事情节做铺垫。

当悦子正式到佐知子家拜访时，悦子和这个女孩之间的对话张力十足：

> 万里子躺在离阳光最远的角落里。我看见她身旁的影子里有什么东西在动，走近一看，一只大猫蜷缩在榻榻米上。
>
> “你好，万里子，”我说，“你还记得我吗？”
>
> 她停下抚摸猫的手，抬起头来。
>
> “我们以前见过，”我又说，“记得吗？在河边。”
>
> 小女孩好像没有认出我来。她看了我一会儿，又继续抚

摸她的猫。我听见在我身后，佐知子正在屋子中间地面的炉子上准备泡茶。我正想走过去，突然听见万里子说："它快生小猫了。"

"哦，真的？太好了。"

"你要一只小猫吗？"

"谢谢你，万里子。我得看看。可是我肯定它们全都会找到好地方的。"

"你为什么不要一只？"孩子说，"另外一个女人说她要一只。"

"我得看看，万里子。另外一位女士是谁？"

"另外一个女人。在河对岸。她说她要一只。"

"可是我想河对岸没有人住，万里子。那里只有树和林子。"

"她说她要带我去她家。她住在河对岸。我没有跟她去。"

我看了她一会儿。突然我想到了什么，笑了出来。

"那是我，万里子。你不记得了吗？那天你妈妈进城去时我叫你去我家。"

万里子再次抬起头来看我。"不是你，"她说，"是另外一个女人。她住在河对岸。她昨晚来这儿了。那时妈妈不在。"

"昨晚？你妈妈不在？"

"她说她要带我去她家，可是我没有跟她去。因为天黑了。她说我们可以拿那个灯笼，"——她指了指挂在墙上的灯笼——"可是我没有跟她去。因为天黑了。"

这段人物对话由避而不答和答非所问构成。

“我”问万里子是否记得“我”并做出许多暗示性提示，她只是低头抚弄小猫。但当“我”指认河边的女人就是“我”时，万里子又笃定地说那不是“我”。显然，孩子是认识悦子的，却表现出一副仿佛并不相识的冷漠。

> “她说她要带我去她家，可是我没有跟她去。因为天黑了。她说我们可以拿那个灯笼，”——她指了指挂在墙上的灯笼——“可是我没有跟她去。因为天黑了。”

这段话如果不放在上下文语境中，很难搞清楚“她”是谁。因为万里子是当事人的视角，通过人物对话内部使用间接引语，直接呈现出“那晚”的情形，但又缺乏对于当事人“她”是谁、和说话人“我”（万里子）的关系的必要解释，因此让悦子听起来没头没尾。

> 我看了她一会儿。突然我想到了什么，笑了出来。

这句话如果用上帝视角，应该写作：“我看了她一会儿。突然我想到，她说的那个女人不就是我吗？我笑了出来。”

如果是这样，后面的人物对话就被直接体现人物心理的叙事语言表达出来了。但这段对话简洁、节制甚至疑点重重的风格正是由于这种高度还原现场对话的情境，以限制视角的对话营造而成。

“另外一位女士是谁?”

“另外一个女人。在河对岸。”

“那是我，万里子。”

“不是你，是另外一个女人。”

这样始终带着谜团的自由直接引语，呈现出人物活在自己的内心世界，无法相互理解和形成有效对话的困局。悦子始终不知道河对岸的女人是否确有其人，究竟是什么人，与万里子是什么关系。

在我身后，佐知子站起身来，看着她女儿。万里子不说话了，转过身去，继续抚摸她的猫。

“我们到走廊去吧，”佐知子对我说，手里端着盛着茶具的托盘。“那里比较凉快。”

我们去了走廊，把万里子留在角落里。在走廊上看不到河水，但是可以看到斜坡和河边潮湿的泥土。佐知子在垫子上坐下，开始倒茶。

“这里到处都是流浪猫，”她说，“对要出生的这些小东西我可没那么乐观。”

“是啊，很多野猫野狗，”我说，“真不像话。万里子的猫是在这里捡的吗?”

“不，我们带来的。我是不想带它来，可是万里子不听。”

“你们从东京一路带来?”

“哦，不。我们在长崎住了快一年了。在城市的另一头。”

“哦，真的？我才知道。你和……和朋友一起住?”

佐知子停下正在倒茶的手，看着我，双手握着茶壶。我在她眼里又看见了上次她看着我的那种觉得好笑的神情。

“我想你搞错了，悦子，”她终于说道，又接着倒茶，“我们住在我伯父家。”

“我向你保证，我只是……”

“是啊，当然。所以没什么不好意思的。”她笑了笑，把茶递给我，“抱歉，悦子，我并没有要取笑你。其实，我有事要找你。一点小忙。”佐知子开始给自己倒茶，这时，她的态度变得严肃许多。倒完茶，她放下茶壶，看着我：“是这样的，悦子，一些事情没有照我计划的那样。结果，我发现自己钱不够了。不是什么大数目，你知道。就一点点。”

“我明白的，”我压低声音，说，“你一定很艰难，带着万里子。”

“悦子，能帮帮我吗?”

我鞠了鞠躬。“我自己有些积蓄，”我说，几乎是耳语，“我很乐意帮忙。”

可是让我想不到的是，佐知子大笑起来。“太谢谢你了，”她说，“可是我并不是要叫你借钱给我。我有别的打算。前几天你提到一个开面店的朋友。”

“你是指藤原太太?”

“你说她需要一个帮手。像这样的小工作就可以帮我大忙。”

“这个嘛，”我拿不准地说，“你要的话我问问。”

“那真是太好了，”佐知子看了我一会儿，“可是你好像很没有把握，悦子。”

“没有的事。我下次看到她就帮你问。可是我在想——”我再次压低声音——“白天谁照顾你女儿呢？”

“万里子？她可以在店里帮忙。她很能干。”

“我相信她行。可是您看，我不知道藤原太太会怎么想。毕竟其实万里子白天应该上学才对。”

“我向你保证，悦子。万里子决不会造成什么麻烦。况且下星期学校就都放假了。我会保证不让她碍事的。这点你可以放心。”

我再次鞠了鞠躬。“我下次看到她就帮你问。”

“太感谢你了，”佐知子呷了一口茶，“其实我想让你这几天就去找你的朋友。”

“我试试看。”

“你真是太好了。”

我们沉默片刻。之前我就注意到了佐知子的茶壶：是用浅色瓷器做的，做工很精细。我手里的茶杯也是同一种精美的材料做的。精美的茶具与破旧的屋子和走廊下方泥泞的土地形成了强烈的对比。我之前就注意到这点，喝茶时这种感觉更加明显。当我抬起头来时才发现佐知子在看着我。

“我用惯了好陶瓷，悦子，”她说，“你瞧，我不是一直都住在这种——”她朝屋子挥了挥手——“这种地方。当然了，我不介意吃一点苦。可是对有些东西，我还是很讲究的。”

我欠了欠身，没说什么。佐知子也研究起她手里的杯子来。她小心地转动着杯子，细细观察，然后突然说道：“我想可以说我偷了这套茶具。可是我想伯父他不会太想它们的。”

我有些吃惊地看着她。佐知子把杯子放下，挥手赶走几只苍蝇。

“你说你住在你伯父家？”我问。

她慢慢地点了点头。“一栋很漂亮的房子。花园里还有池塘。和眼前的这一切很不一样。”

一时间我们两个人都往屋子里看。万里子还像我们出来时那样躺在她的角落里，背对着我们，好像在跟她的猫说话。

我们俩沉默了片刻后，我说：“我还不知道河对面住着人。”

佐知子转头看着远处的树木。“不，我没见过那里有人。”

“可是帮你看孩子的那个人。万里子说她是从那里来的。”

“我没有人帮我看孩子，悦子。我在这儿谁也不认识。”

“刚才万里子跟我说有个女的……”

“请别当真。”

“你是说那是万里子编出来的？”

有那么一小会儿，佐知子像是在想些什么。然后她才说："对。是她编出来的。"

"我想小孩子经常干这种事。"

佐知子点点头。"你当妈妈后，悦子，"她笑着说，"你就得要习惯这种事了。"

悦子与佐知子的这段对话和前面与万里子的对话一样，自由直接引语的对话常常出现前后矛盾、转移话题和似有隐衷，疑窦丛生。

第一个问题，河对岸的女人。

万里子一再强调河对岸住着一个女人，但在"我"和佐知子的谈话中，母亲佐知子却断然否认，认为是女儿瞎编的。两个人物所说的话形成冲突。河对岸的女人究竟是万里子的想象，还是确有其人？如果确有其人，那么佐知子是不知道，还是故意掩盖？这是小说的第一个悬念。这个悬念会一直不断强化，直到万里子失踪，找到她时躺倒在河对岸，并且受伤，但佐知子却坚持认为她是意外受伤。

不妨再细读文本，佐知子回答得干脆，但当悦子继续追问，那个人是否是万里子编出来的，她又一度陷入沉思。佐知子似乎有话未说。小说对人物描写的叙事语言与人物对话形成了某种张力。

第二个问题，来历不明的茶壶。

佐知子是战后搬到长崎的难民，住在偏僻的破房子里，身无分文，需要工作。但落魄至此，她却用着精美的陶瓷，难怪会引得悦子的注意。

佐知子倒茶时态度变得严肃许多。当“我”喝茶时注意到和环境违和的茶壶时，一抬头发现佐知子也在注视着“我”。人物对茶壶也十分敏感，并主动解释：

> “我用惯了好陶瓷，悦子，”她说，“你瞧，我不是一直都住在这种——”她朝屋子挥了挥手——“这种地方。当然了，我不介意吃一点苦。可是对有些东西，我还是很讲究的。”

这段话非常奇怪。“不介意吃一点苦”似乎在为自己辩解，但“很讲究”“不是一直都住在这种地方”又显然体现出一种身份的优越感和对落魄处境的无奈。这里叙事语言呈现的人物动作细节与人物自己前后矛盾、吞吐的态度再次呈现出一种遮遮掩掩的神秘感。

更有趣的是，佐知子竟然主动坦言茶壶是“偷”来的，但又说伯父对此不会在意，把偷窃的丑事说得淡定、坦然、不值一提。

从佐知子的回答来看，她对伯父家优雅精致的生活“讲究”难以割舍，是否暗示着她出身名门的身份？既然有伯父的带花园的豪宅可住，为什么又离开富贵乡来此地受苦？佐知子没有说，从礼节看，关系并不太熟的悦子也没有追问。我们对佐知子这个人物越发充满好奇。

第三个问题，被回答的万里子。

显然，悦子认为万里子应该被照顾，佐知子却认为万里子可以帮忙干活了（不需要被照顾）。悦子关心万里子上学的问题，佐知子却始终绕开这个话题。而关于万里子的生活：是否适应面店工作？要不要去上学？当事人万里子却被排除在对话之外。

那么，万里子是否真如佐知子所说，“很能干”“可以在店里帮忙”呢？

我们不妨再来看看面店里的这段对话：

突然我看见外面太阳下来来往往的人群中站着一个小小的身影。

“哎呀，那不是万里子吗？”我问。

藤原太太坐在椅子上转过头去。“万里子，”她喊道，“你到哪里去了？”

万里子站在马路上不动。但不一会儿，她走进阴凉的水泥地，走过我们，在旁边的一张空桌子坐下。

藤原太太先是看着万里子，然后不安地看了我一眼，好像要说什么，但是她站了起来，朝小女孩走去。

“万里子，你到哪里去了？”藤原太太压低了声音，但我还是听得见，“你不可以老是这样子乱跑。你妈妈很生气。”

万里子看着自己的手指，没有抬头看藤原太太。

“还有万里子，请你不要那样子跟客人说话。你不知道那样子很没礼貌吗？你妈妈很生气。”

万里子还是看着自己的手指。在她身后，佐知子出现在厨房门口。我记得那天早上看见佐知子时，我再次惊讶于她比我原先以为的要老得多；她的长发都塞进了头巾里，这样一来，眼角和嘴角的皱纹变得更加明显。

“你妈妈来了，”藤原太太说，“我想她一定很生气。”

小女孩还是坐在那里，背对着她妈妈。佐知子很快地瞥了她一眼，笑着转向我。

“你好啊，悦子，”她说，优雅地鞠了一躬，“在这里见到你真是惊喜。”

在水泥地的另一头，两个上班模样的女人走进来坐下。藤原太太朝她们鞠了个躬，又转向万里子。

“你为什么不到厨房去一会儿呢？”她小声说，“你妈妈会告诉你要做些什么的。很简单的。我相信像你这么聪明的女孩子一定会做的。”

万里子没有反应。藤原太太抬头看看佐知子，一刹那，我觉得她们冷冷地交换了眼神。然后藤原太太转身向她的客人走去。看来她认识她们，边走过水泥地，边熟识地跟她们打招呼。

佐知子走过来在桌子边坐下。“厨房里真热啊。”她说。

“你在这里做得怎么样？”我问她。

“做得怎么样？哦，悦子，这真是很有趣的经历，在面店里工作。我得说，我从没想过有一天我会在这种地方擦桌子。但是，”——她很快地笑了笑——“很有趣。”

“我知道了。那万里子呢，她习惯吗？”

我们都往万里子的桌子看去；那孩子还是看着她的手。

“哦，她很好，”佐知子说，“当然了，她有时候很好动。

但是你怎么可能要她安静地待在这里呢？真遗憾，悦子，但是你看，我的女儿并没有我的幽默感。她不觉得这里很有趣。”佐知子笑了笑，又看看万里子。然后她站起来，朝她走去。

她静静地问：“藤原太太跟我说的是真的吗？”

小女孩没有回答。

“她说你又对客人不礼貌了。是真的吗？”

万里子还是不作声。

“她跟我说的是真的吗？万里子，人家问你话时你要回答。”

“那个女人又来了，”万里子说，“昨晚。你不在的时候。”

佐知子看了她女儿一两秒钟，然后说：“我想你现在最好进去。进去，我来告诉你要干些什么。”

“她昨天晚上又来了。她说她要带我去她家。”

“进去，万里子，到厨房里去等我。”

“她要带我去她住的地方。”

“万里子，进去。”

水泥地的那边，藤原太太和那两个女人为了什么事大笑起来。万里子还是看着她的手掌。佐知子走开了，回到我这张桌子。

“请原谅，悦子，”她说，“我有东西在煮。我一会儿就回来。”然后她降低声音加了句：“你不能指望她会对这种地方感兴趣，不是吗？”她笑了笑，走向厨房。到了门口，她再次转向她的女儿。

“快点，万里子，进来。”

万里子没有动。佐知子耸耸肩，进去了。

这段对话里有太多的沉默不语和转移话题。

万里子对藤原太太和母亲质问的沉默表达了一个小女孩无声的叛逆。当万里子再次提及河对岸的女人，佐知子立刻转移了话题。如果和上一段进行对比，我们会发现，佐知子替万里子回答的内容被一一否定。万里子并不是好帮手，万里子根本不喜欢面店的生活。万里子不感兴趣的生活，母亲替她做了主。万里子感兴趣的事情，母亲却避而不谈。

关于万里子，佐知子的回答勉强、敷衍。显然万里子并不开心，但佐知子不假思索地回答“她很好”，继而大概是意识到这么说太不合乎现状，又修正“有时候很好动”，言外之意是将问题归咎于女儿的性格。她并不关心怎样让女儿过得更好，只是觉得她就是个孩子。这个想法和前面说佐知子编造河对岸的女人的逻辑一样：小孩子嘛，不要跟她较真儿（她的诉求不值一提）。并且她给出了一个自认为合理的解释：女儿没有自己有幽默感。

剖析佐知子的谈话，我们会发现她对自己的女儿既冷漠又强势。她并不关心万里子想要什么，只是将自己的意愿强加于她，对万里子说话的口气也几乎都是命令、指令。

此外，佐知子真的认为面店的工作“有趣”吗？我们会发现，佐知子这个人对自己的辩解也可能言不由衷。从前面茶壶的细节和此段对话“我从没想过有一天我会在这种地方擦桌子”来看，很可能佐知子是从锦衣玉食的生活坠落到自食其力的劳作。有没有落差、辛酸、难过？但是出于面子，是不是还是要装作很愉快？

或许孩子的表现比母亲诚实得多。

你看，我们从这些高度简约的人物对话中读出了那么丰富的隐藏信息，而这些信息中的悬念会在后面的情节不断被证实或者翻转。这难道不比推理小说更烧脑、刺激吗？

❧从叙事与对话中穿墙而过

前面说过，小说包括叙事层和故事层。叙事层是叙述视点下对故事的讲述，故事层是人物视点下关于情节的演绎。成熟老练的小说家能在二者之间寻找一种平衡，既表现人物心理，也能让读者自如地在人物之间穿梭、转换。我们不妨看看英国作家V.S.奈保尔在这方面是如何实践的。

奈保尔在短篇小说集《米格尔街》中整体采用了儿童视角。说是短篇小说集，其实不够准确。这不是一篇篇毫无关联、完全独立的短篇小说集结成的集子。事实上，这本书的独特之处在于，每个故事相对独立，但又一同构成了“米格尔街”的整体生态群。作者虚构了一条街，这条街上的众生相由在这条街上生活（过）的一个个人物构成，每个故事围绕着某个焦点人物，这些故事聚合成整个米格尔街的群像图，而作为孩子的“我”是这些悲欢离合的故事中的直接参与者或者间接听故事的人。

小说中最动人的一个故事是关于诗人的。

《B.华兹华斯》写“我”与一个乞丐的故事。小说开篇用的叙事语言，先介绍了乞丐“常客”——每天都会如约而至的三个乞丐。无论什么肤色、什么性别、什么理由，每个乞丐都是为了物质施舍而来。这是铺垫，不需要人物对话，叙述即可。直到一天下午四点左右，来了一个“奇怪”的乞丐。这个意料之外的乞丐才是这个故事的主人公，叙述转向人物对话：

这个人对我说：“孩子，我可以进你家院子吗？”

他身材矮小，穿戴整齐，头戴礼帽，身着白衬衣和黑裤子。

我问：“你要干吗？”

他说：“我想看看你家的蜜蜂。”

我家院子里有四棵美洲棕榈王，上面聚满了不请自来的蜜蜂。

我上了台阶，喊道：“妈，外面有个人，说想看咱家的蜜蜂。”

有了铺垫，这一段对话疑窦丛生。有人会穿着礼服出来乞讨吗？这实在有悖常理。一问，不是来乞讨的，而是要看蜜蜂。故事有了看点：这个人是谁？为什么穿着礼服敲陌生人家的门，只为参观蜜蜂？

妈妈走出来，看看那个人，很不友好地问道：“你想干吗？”

那个人说：“我想看看你家的蜜蜂。”

他的英语好得听起来有些不自然。我看到妈妈显得非常担心。

她对我说："站这儿别走，他看蜜蜂的时候给我好好看着他。"

那个人说："真感谢您啊，夫人！您今天做了件大善事！"他说起话来慢条斯理，字正腔圆，好像每吐一字都要花自个儿的钱一样。

我们看蜜蜂，那个人和我，整整一小时蹲在那些小棕榈边儿上。

那个人说："我喜欢看蜜蜂。小家伙，你喜欢看蜜蜂吗？"

我说："我没那闲工夫。"

他沮丧地摇着头，说："我平时就做这个，就是看，我可以看蚂蚁看上好几天。你看过蚂蚁吗？还有蝎子、蜈蚣、两栖鲵什么的，你都看过吗？"

我摇摇头。

我说："那你做什么工作呢，先生？"

他站起身来，说："我是诗人。"

我说："是个好诗人吗？"

他说："是全世界最好的诗人。"

"那你叫什么啊，先生？"

"B.华兹华斯。"

"比尔的B吗？"

"布莱克，布莱克·华兹华斯。怀特·华兹华斯是我哥哥。我们哥儿俩共用一颗心。看到牵牛花那样一朵小花我都会哭出来。”

我说：“为什么哭呢？”

“为什么，孩子？等你长大就明白了。要知道，你也是个诗人啊。你是个诗人的话，所有事情就都能让你哭出来。”

我忍不住笑了。

这段三角关系的人物对话，极其简洁却富有张力。

妈妈的警惕体现着正常人的思维：没事谁跑人家家里看花草动物？恐怕是别有居心，得防着点儿。加之这人英语不好，恐怕是移民，更不可信。此刻，隐约透露着整个小说关注的边缘群体：移民英国的外来者。

“我”的好奇支撑着故事的走向。“我”既被母亲赋予看住“他”的责任，又对这个不速之客充满好奇，并非像母亲那样怀有戒备与敌意，所以可以与他交谈。

最吊诡的是，这样一个奇特的“乞丐”竟然声称自己为文雅的“诗人”，并且还把自己的精神脉络承接到英国浪漫派诗人华兹华斯那里。什么是诗人？相信学术界会给出许多定义。但在这里，乞丐诗人的表达很简单：看什么都想哭。

这是作者设计的梗。

对一个孩子，这简洁、易懂，却极富深意。然而，“我”显然是不理解这深意的，“我”觉得好笑。往下的情节，就从这里开始展开。

他说：“你爱妈妈吗？”

“她不揍我的时候爱。”

他从屁股兜里掏出一张印着字的小纸片儿说：“这张纸上是关于妈妈的最伟大的诗篇，我愿意低价卖给你，只要四分钱。”

我走进屋，说：“妈，你愿意花四分钱买一首诗吗？”

妈妈说：“给我听着，叫那个混蛋夹着尾巴滚！”

我对B.华兹华斯说：“妈妈说她没有四分钱。”

B.华兹华斯说：“这就是诗人的悲剧。”

他把小纸片放回兜里，看起来毫不介意。

我说：“这样到处转悠着卖诗可真好玩儿，唱‘卡吕普索’的才这样呢。有很多人买吗？”

他说：“从来没人买。”

“那干吗还到处转悠呢？”

他说：“这样我能看到好东西啊，我也想着能遇上别的诗人。”

我说：“你真觉得我是个诗人吗？”

“你像我一样棒。”他说。

B.华兹华斯离开的时候，我祈祷着能再见到他。

原来，华兹华斯不是乞丐，是货贩。但他卖什么呢？卖诗。故事又显出了幽默的反常逻辑。我们会觉得文学、艺术是无价的，但在这里，诗歌成了货物，而且如此之廉价。

更奇怪的是，母亲对空手乞讨的流浪汉慷慨施舍，对这样一个贩卖文学的“诗人”却嗤之以鼻地怒骂驱赶。

诗人的悲剧是什么？恐怕就是孤独。诗人的才华不被重视，诗歌的美妙不被理解，诗歌的价值还不及流行小曲。

但即便如此，B.华兹华斯说，他还是一直希望“能遇上别的诗人”。可见，他其实也不敢真的把自己当作诗人。对于诗歌，他满怀崇敬。

在这样的铺垫下，真正触及小说内核的对话开启了：“你真觉得我是个诗人吗？”

只有孩子真的把“诗人”的话当真，对诗人的世界心向往之，这就是对话下的暗流涌动。“传奇”的塑造，往往是通过对比、反差完成的。伟大的成为卑微的，被人唾弃的却是被“我”稀罕的。当华兹华斯离开的时候，“我”对他已经从好奇、可笑变为尊敬、期待。

后面的故事始终交织着一个悬念：“你卖出诗了吗？”

孩子关心的是现实层面，是生存问题。但诗人对此一笑置之，只是带“我”参观他家种着杧果树、椰子树、杏树的园子。叙述从此穿梭于两个并置的空间：现实层面的现代都市和虚构层面的丛林小屋。

诗人的小屋是一个超现实的世外桃源，是闹市中的天外飞地：

> 他住在阿贝托街那片儿正中央一座独居室的小屋里。院子里充满绿意，生长着一棵大杧果树、一棵椰子树和一棵杏树。整个地方显得很荒凉，一点也不像是在城市里。整座街上看不到一座混凝土的大屋。

这显然是不合乎现实逻辑的：在现代都市的中心位置，怎么会有这么一座前现代的园林小屋呢？这是作者构建的一个“梦”。在这个梦中，“我”尽情地吮吸杧果汁，回家被母亲狠狠揍了一顿；为了安慰我，诗人带我躺在草地上看星星，结果被警察一通盘问。

“我”进入到诗人的内院，那里有树林、天空、星辰，我沉浸在星辰大地的世界中，忘记自己。但这个世界却不能被现实世界理解，于是“我”成了和“诗人”一样，被世界放逐的人。诗人的丛林小屋，成为我们之间不能为外人道的秘密。

小说用两套语言逻辑——诗人的语言和世人的语言——来凸显这两个世界的格格不入。

当警察盘问“你们在这儿干吗”时，他问的是做什么事情，他不能理解甚至警惕两个人大半夜躺在赛马场要干吗，他思考的是世俗的、功利的、实用的逻辑。当华兹华斯回答“四十年来，我也一直在问自己这个问题”时，他思考的不只是此刻的行为，而是一个终极性、根本性、形而上的问题：我们在这个世界活着的意义是什么。所以他要用四十年（一生）的时间来思考，却依然没有答案。

小说亦庄亦谐、深入浅出的风格就在于此。看似简单的回答，沉淀着深沉的思考。这是由于小说叙事其实内含着两套语言、两个空间、两层逻辑：世俗的语言与诗性的语言、现实的空间与诗人的空间、形而下的逻辑与形而上的逻辑。

但这还不够。随着叙事推进，奈保尔残酷地撕开了诗人的桃源美梦。

正当我怀着仪式感投入到了诗性的世界中，觉得“世界变成了令人激动的地方”时，诗人陷入了毁灭性的危机：诗写得不顺利。

这还不是灵感枯竭、创作瓶颈的危机，这是情感性的创伤。

华兹华斯的丛林小屋，尘封着一个悲惨的记忆。诗人的爱情以爱人和孩子的死亡而流产，所以花园“草木丛生，茂盛而荒凉”，这其实是一个伤心地。但华兹华斯对“我”说的是：

> “听好了啊，我要给你讲个故事。从前，有个小伙子遇见一位姑娘，他们相爱了。他们是那么深地爱着彼此，于是就结婚了。他们俩都是诗人。他爱着词句，她爱着花花草草，还有那些树木。他们在一间小屋里过得非常幸福。后来，有一天，诗人姑娘对诗人小伙子说：‘我们家里又要添一个诗人了。’这个诗人却没有降生，因为姑娘死去了，小诗人也在腹中随她而去。她的丈夫伤透了心，他说他不会再去碰姑娘花园中的一草一木。”

这是作者奈保尔的高妙之处，人物对话故作轻松地拉开叙事距离。华兹华斯以讲故事（别人的事）来忆往昔（自己的事）。这段话不仅是人物对话，同时也是叙事，是故事里的故事。如同电影《盗梦空间》的套层结构，小说建构了一个梦中之梦，而最里层最隐秘的那个梦，却暗藏裂隙。

前面说过，四十年来，诗人不断追问一个问题：我们在这儿干吗。有一个诠释的维度是写诗，就是为了回应这个问题。

“我”和诗人之间最大的秘密还不是他的小屋，而是他正在创作一首诗。华兹华斯雄心勃勃：“全世界最伟大的诗。”于是，小说后半段的叙事动力是：这首全世界最伟大的诗写得怎么样了。“我”每次见面都在追问这个问题，小说是这么写的：

他说：“五年多以前我就开始写了，还要再写二十二年才写得完，如果我能保持现在这个速度的话。”

“那你写了好多吧。”

他说：“没写多少呢，我每月只写一行，但我保证是美好的一行。”

我问：“上个月那美好的一行是什么呢？”

他举目望向天空，说：“往昔是深邃的。”

我说：“很美的句子。”

B.华兹华斯说：“我希望能把每月的体验都提炼成一行诗。这样的话，二十二年后我就会写成一首献给全人类的诗。”

我充满了惊叹之情。

我们继续走着。有一次沿着码头的防波堤散步时，我说：“华兹华斯先生，我把这颗钉子扔到水里，你觉得它会浮起来吗？”

他说：“世上无奇不有。扔吧，看看会怎样。”

钉子沉了。

我说：“这个月的诗怎么样呢？”

但他再也没告诉我什么诗句。他总是说：“喔，就快写出来了，你知道，就快出来了。”

有时我们坐在防波堤上看那些大船驶进港口。

但关于那首最伟大的诗篇，我却再也没有听他说起。

我觉得他正一天天衰老着。

“你怎样生活呢，华兹华斯先生？”有一次我问他。

他说：“你是问我怎么弄钱？”

我点点头，他狡猾地笑了起来。

他说：“在卡吕普索的季节唱歌。”

“这能维持你一年的生活吗？”

“足够了。”

“但等你写出那首最伟大的诗篇，你就会是世界上最有钱的人了。对吗？”

他没回答。

一天，我到他的小屋看他，看到他躺在他的小床上。他显得那么苍老、那么虚弱，我真想哭出来。

他说：“诗写得不顺利。”

他不看我，透过窗子望着那棵椰子树，说起话来仿佛我并不存在。他说：“二十岁的时候，我觉得浑身的劲儿使不完。”这时，我几乎眼看着他的脸变得愈发苍老和疲倦。他说：“但那——那是好久以前了。”

这时——我特别想哭，像是被妈妈抽了顿耳光。我清楚地看到死亡在那张满是皱纹的脸上，谁都看得出。

他看着我，看见我流泪，他坐起身来。

他说：“来。”我走过去，坐在他的膝上。

他注视着我的眼睛，说：“哦，你也能看见它，我一直都知道你有诗人的眼光。”

他看上去并不悲伤，这让我放声大哭起来。

这段对话写得太有技巧了，极其节制，把情感憋得紧紧的。请注意，这段话有对话语言，也有叙事语言。我们不妨拆开来看。

围绕着写诗的人物对话：惊叹——追问——等待——沉默。

华兹华斯由自豪、自信到沉郁、疲倦，“我”从赞美、期待到失落、想哭。

这其中穿插着两段叙述，一个是把钉子扔到海里，一个是卖唱谋生。扔钉子像是岔开一笔，实则闲笔不闲。钉子浮起是奢望，“钉子沉了”是现实。奇迹没有发生，梦想败给了现实。而“我”关于“怎么生活”的问题，则彻底残忍地把我们从星空拽回到尘埃。

创作最伟大的诗歌就可以成为最有钱的人吗？多么揪心的问题。事实上，我们每天都在面对这样的问题。学什么专业、考什么大学、找什么工作，怎样可以实现自我价值，衡量的标准或是以金钱为度，或是以权力为码。

那么，美是什么？文学、艺术有什么用？这大概就是庄子所谓的“五石之瓠”。

朱光潜先生在《谈美》中用古松的例子讨论过三种生命态度。其一是实用的态度，看到一棵树，想到的是劈柴烧饭。其二是科学的态度，看到一棵树，想到的是科、属、目、种。而美学的态度是看到一棵树，所知觉的，只是一株苍翠劲拔的古松。

人生当然不能没有衣食住行，但如果只有生存的欲望，难免会“口腹自役”。

但一般人想不了这么多，只是和孩子一样，关心着生存大计。面对“我”的追问，诗人只能无言以对。说到底，庄子的无用之用，对挣扎在生存线上的人来说，太过奢侈。

但这只是第一个层面的危机。第二个层面的危机是：美人迟暮，英雄末路。

死亡，是全人类共同的痛点。中国古人早就说过“哀吾生之须臾，羡长江之无穷”，所以要用“立德、立功、立言”来对抗死亡，获得不朽。华兹华斯亦是如此，创作是在与死神赛跑。但“我”以为，华兹华斯令“我”忧伤之处，还不仅仅是衰老，还在于诗性的黯淡。我们很难说清，是身体的苍老和虚弱导致写诗的不顺，还是反之。这里，作者有意藏了一条线索：那个凄美的爱情故事，那句仅有一句的诗。

“往昔是深邃的。”

什么往昔？

故事在这个小小的时间卡顿后，蹦出了一个翻转性的“玩笑”：

他将我搂在他瘦弱的胸前，说：“想要我给你讲个可笑的故事吗？”他向我鼓励地微笑着。

我却说不出话来。

他说：“等我讲完这故事，你得答应我离开这儿，再也不要来看我。你答应我吗?”

我点点头。

他说:“很好。好吧，听好：我讲过关于那诗人小伙子和诗人姑娘的故事，还记得吧？那不是真的，全是我编出来的。所有那些谈论诗的事还有那世界上最伟大的诗篇，也都不是真的。难道不是你听过的最最可笑的事吗?”

他的声音突然停了。

我离开了那间屋子，哭着跑回家，像个诗人那样，看到什么都想哭。

对“我”而言，这是一个巨大的创痛时刻。当诗人与现实和解，以玩笑调侃旧梦，他回到了现实，但“我”却不愿意走出那个“梦”。于是,“我”成了“诗人”。

“我”始终走不出诗意世界的感伤，于是“我”成了华兹华斯精神的传承者——诗人。什么是诗人?“看到什么都想哭。”多么值得咀嚼、玩味的象征啊!

奈保尔是这样结束这篇小说的：

一年后我又走过阿贝托街，却再也找不到那诗人的小屋。它不是消失掉了，却也差不多。它被拆了，一座两层的大屋取代了它的位置。杧果树、杏树和椰子树都已被砍掉，到处都是砖石和混凝土。

就像B.华兹华斯从未来过这个世界。

这是叙事语言、人物语言在现实与理想两个层面的悖论性反差造成的巨大落差。

究竟梦中梦是真是假？诗人是以编造为幌子涂抹了真实，还是现实用残忍的力量摧毁了记忆？作者用一个非常现实的理由——城市改造、房屋被拆给桃源失落的艺术虚构一种真实的逻辑。

这是一场双重骗局。

“诗人”欺骗了“我”，叙事欺骗了读者。

诗人带“我”入梦，“我”不能自拔。或许对于诗人是梦醒，但对“我”是幻灭。作者带读者入戏，读者跟随着“我”的叙事语言入戏渐深，认同于诗意世界的逻辑，最终当诗意世界崩塌时，也感到深深的失落。

但奈保尔觉得还不够，他要让华兹华斯彻底消失，连同他的人间仙境，大梦一场，不留痕迹。写到这儿，故事成了一个寓言。

这个寓言的正反面解读都成立。

你既可以觉得，这是一个悲伤的故事，写诗人在现实世界的溃败。你也可以觉得，这是个传承的故事，虽然诗人无法生存，诗性的灵魂却获得了传承。“国家不幸诗家幸，赋到沧桑句便工”，毕竟言为心声，艺术就是凝聚着现实的苦难。

当然，对米格尔街而言，没人关心B.华兹华斯的生与死。而承载着创痛经验的“我”，也注定要承受这个世界所不能理解的孤独。

或许只有在虚构的故事里，我们可以才触碰到这些超越现实却比现实更加真实的灵魂之痛。

第三章　写实的人物　突破“好人/坏人”的二元模式

喜欢追剧的朋友都知道，一个充满悬疑、一波三折的故事，吸引人欲罢不能地追下去的动力是情节。后面发生了什么？危机该如何解决？凶手到底是谁？真相是什么？剧情发展引发你无尽的联想，你会忍不住去猜故事的走向与结局。

可一旦知道了答案，情节线的刺激感就会急剧下降。

在你已经知道了故事的结局后，还愿意去一遍又一遍重读的，可能才是更加深刻和持续的东西。对“经典”的定义众多，其中一个定义是值得重读（re-read）。

读什么？可能是里面一个个人物身上折射出的你和我，以及那些在命运、环境、际遇中放大与凸显的人性。你会忍不住去回放，一次一次重返现场，去感受人物在面对命运的重大时刻时的纠结，去重读人物说出的那些你思索过却没能表达出来的哲思，去体验人物在爱恨情仇纠葛中彰显的人性的可恶与可爱。

甚至多年之后，你可能已经忘了《红楼梦》里大观园题对联咏了哪些诗，但你不会忘记宝钗不动声色指点宝玉改诗的从容，黛玉一心想压倒众人却无处施展才华、代宝玉吟诗的机巧。钗黛才华不相上下，一个随分从时、顾全大局，一个机灵直率、孤高自许，一个“可叹停机德”，一个“堪怜咏絮才”，两个形象，跃然纸上。你可能已经忘了宝黛因为何事生嫌隙以至于黛玉葬花，但你不会忘记“花落人亡两不知”的青春伤逝，你也不会忘记宝玉想到将来园中众姐妹与自己何处可觅的大梦归空。更不用说一出场就先声夺人的王熙凤、醉卧芍药花海的史湘云、拔剑自刎以证清白的尤三姐、撕扇子作千金一笑的晴雯……当情节渐淡，一个个鲜活的个性却成为永恒的形象。

人物虽然是虚构的，却浓缩着现实人生的苦乐、真实人性的复杂，以至于在名著的流传过程中产生了许多令人想象不到的传奇：女伶演《牡丹亭》因共情太深气绝而亡，《石头记》虽遭禁却以抄本流传且续书五花八门，观众入戏太深而殴打谩骂饰演反面角色的演员。

那么小说家是如何在虚构的时空中塑造出这些比现实人物还要“真实”“立体”“典型”的人物的呢？

❧“纸片人”也重要

传统的中国小说评点家会使用“一字定评”概括人物形象，如金圣叹评《水浒》，脂砚斋评《红楼》。金圣叹评“鲁达之阔，林冲之毒，杨志之正，柴进之良，阮七之快，李逵之真，吴用之捷，花荣之雅，卢俊义之大，石秀之警”，无不入木三分。当然，他也注意人物在相互关照、衬托中的映射、对比关系，但以一个字作为人物性格的评价，求的是个性、差异，每个人物都要有自己一出场就区别于其他人物的标志性特点。

西方现代小说评论最经典的当然非英国评论家福斯特[①]的《小说面面观》莫属。福斯特在这本书提出了著名的“扁平人物”和“圆形人物”的概念。大意是说，扁平人物就是一种性格单一、没有变化、能够用一句话概括的类型/漫画人物。这类人始终按照一个逻辑行动，优点是辨识度高，缺点是太过单一，不能体现人性的复杂。这就类似二次元世界的纸片人，形象固定、特点单纯。而圆形人物与之相反，虽然福斯特并没有给出明确的定义，但和扁平人物相对，圆形人物则是在一系列的人生经历中被不断塑造，性格呈现复杂性和变化性。

如果按照福斯特的定义，那么中国绝大部分古典小说都是扁平人物。可以用一张京剧脸谱代表的人物，必然是性格可以简化为一个字、一种符号、一个颜色的扁平人物。扁平人物可能在人性的复杂性、现实真实度方面不及圆形人物丰满，但在小说中却往往承担着不可替代的功能。

想想看，许多故事的扁平人物常常具有一个从一而终的人生目标或者生活动力，正是因为他们固执己见的偏执与坚持推动着剧情的发展。

你看，宋江绰号“孝义黑三郎”，对父尽孝、对朝廷尽忠、对朋友守义，是他的人生信条。他重朋友义气，为了晁盖徇私枉法，走上杀妻“不归路”；他尽忠职守，安于上下之别，为上司晁盖冲锋陷阵，获得梁山好汉的拥戴；他重孝悌人伦，即使坐上

① 爱德华·摩根·福斯特（1879—1970）：英国小说家、批评家。

了第二把交椅还心念父弟安危，却因此招来官兵追杀，也获得了“天启”神梦；但也正是他已深入骨髓的为国尽“忠”，让他带领下的梁山泊义军只可能走上诏安的“不归路”，他自己最终在为国报效沙场后也被陷害、毒死。你可以扼腕叹息，宋江成就了梁山泊，也毁灭了梁山泊。究其原因，人物的成败都是由这种始终如一的性格特点、人生信条所致。

再看《悲惨世界》中铁面无私的警长沙威。沙威对冉阿让不近人情的穷追不舍，成为故事不断向前推进的潜在动力。沙威这个人物既可恨又可怜之处正是他的执着和敬业。

维持司法公正，不放过一个罪犯是他的人生信条，他用一生近乎偏执地遵循着这一信条。所以多年过后只有他还念念不忘当年在逃的苦役犯，即使所有人都崇敬马德兰市长（冉阿让）带来地方经济好转、创造就业、扶助孤寡的仁慈，他却为了查明“真相”的执念对此视而不见。

从人性的角度看，沙威是铁血冷酷的，他看不到地痞对芳汀的调戏，坚持认为娼妓不能冒犯绅士而给被欺负的芳汀判刑；他看不到冉阿让身上人性的光辉，坚持认为一旦触犯法律，一个人不可能改过自新。但从职业的角度看，作为警长，他无疑是一丝不苟、全身心投入、无可指摘，甚至当看到（假）冉阿让已被逮捕的新闻后，他能主动找到市长，请求他为自己错误检举对方的失职行为予以免职处分。沙威对所有人都是一视同仁地严格执法，甚至包括他自己，这个人物简直就是国家机器的化身。

所以你可以说这个人顽固不化，也可以说他始终如一。但最终令他全面崩溃的恰恰也正是这种定型化的人格设定、人生信念的坍塌。革命爆发，追捕的角色掉了个个儿。这次，冉阿让成了处决义勇军内奸沙威的人。在那个转折性的时刻，当冉阿让出乎意料地割断绳索，宽恕地放过沙威，还告诉他自己的住址时，沙威震惊到失口用朋友间亲昵的“你”来称呼他的猎物冉阿让。当他看到冉阿让冒着生命的危险从地下道把人扛起来时，他不自觉地让开了道，放弃了追捕。在沙威被冉阿让释放的那一刻起，他的人生信条——维护法律正义就受到了另一个声音的质疑：“最高的法律是良心。”

当冉阿让超越人性、近乎神性的善良、怜悯、宽恕、真诚之光穿透法律非黑即白的铁牢时，沙威在这样巨大的光辉、从未体验过的温暖中失焦了。他感到自己人性中柔软的部分被唤醒，良知让他不能下手追捕，但他又因此违背对法律的忠诚，他成了自己忠实信念的叛徒。人性的救赎却成了信念的堕落。沙威正是在这样认知错乱的崩溃中投河自尽。

你看，如果沙威这个人物不那么固执，更加通融、易被感化，就不会有那么多的戏剧冲突产生。没有芳汀被判刑就没有珂赛特被收养，没有沙威对冉阿让的道歉就没有冉阿让因舍身相救替他顶罪的死囚而暴露身份。小说后半部的情节驱动几乎都源自这个人物对法律的忠实执行所带来的冲突和张力。

对于“基于某种单一的观念和品质塑造而成”的扁平形象，一旦观念动摇，形象或者崩塌，或者变成圆形。沙威就属于形象崩塌：信念崩溃，难以为继。如果变成圆形人物，形象就超越了过去的自我，变得复杂、立体。沙威这一人物形象的悲剧性就在于，他最终没能走出“老我”的牢笼成为一个更加丰富、立面的人，而是选择忠于自己的人生信念而为之付出生命的代价。而这也正是悲剧小说震撼读者的力量：让你看到在命运中挣扎的灵魂最终的失败、人性的有限、美好的脆弱、希望的渺茫。

那么，造成沙威悲剧的原因只是他的执着吗？他执着于什么呢？可以说，雨果在这里用戏剧化的极端方式把两种对立的东西并置——法律和良知，或者说正义和良善。

法律要求公正严明，有恶必除，泾渭分明。良善体现同情怜悯，宽恕罪孽，感化恶行。法律似乎是正义、合法的，但对于复杂的现实世界，每一个被生活逼到绝路的罪犯又都是需要被救赎的人。法律只能惩处恶行，却不能感化善意。

主教、冉阿让代表的良善几乎是基督教赦罪、赎罪的隐喻。公正的审判只能让坏人受到惩罚，却不能让人心变好。只有饶恕的爱能让一个人发自内心地忏悔，向往光明，改过自新。从这个角度看，小说中冉阿让这样散发着人性善良的光辉形象却正是因为有了沙威这样的扁平形象的映射才显得更加立体。

更何况，在一个并不能真正实现公平正义的社会，法律反而变成一种阶级压迫的工具。沙威用法律的准绳衡量别人，成了残害芳汀等社会弱者的刽子手；用法律的准绳衡量自己，把自己逼上了绝路。《悲惨世界》揭示出人间最悲剧的问题就是逼良为娼、为盗，本该代表正义的法律却成为强者压制弱者的工具。

所以，扁平人物不仅仅只是二元平面的“纸片人”，成功的扁平人物能推进情节的矛盾冲突，衬托圆形人物的立体、丰富，而成功的扁平人物不仅存在于喜剧、闹剧中，对于像《悲惨世界》这样的悲剧，同样可以承担表达主题的重要作用。

❧圆形人物的三维立面

人们对人物的判断有很多维度，对大众而言，一个基本维度可能是好人/坏人。艺术家则试图超越这种二元对立。所谓的“圆形人物”就是矛盾、复杂、变化的形象，在黑与白之外，还有第三种可能。

我们对圆形人物的理解可以有两个层面：

一是形象复杂。比如性格具有多面性，有着超常的才能又有致命的弱点。许多传记类小说的主角都有这个特点。

二是成长变化。比如，从自私、软弱、懵懂的平凡人成长为独立、担当、智慧的英雄。许多成长小说和好莱坞电影的英雄人物都是如此。

很多时候，这两个层面同时存在于一个人物身上，就加深了人物的立面。

不妨一睹好莱坞编剧塑造英雄成长历程的黄金定律：

日常生活（凡人）——冒险召唤（变化）——拒绝冒险（代价）——导师出现（帮助者）——跨越第一道门槛（改变）——考验（认识盟友或敌人）——严峻的考验（危急时刻）——得到奖赏（突破危机）——踏上归途（再次改变）——浴火重生（生死较量）——胜利归来（彻底改变）

让我们仔细审视这个备受好莱坞编剧青睐的黄金定律。

英雄在成为英雄之前，不过是凡夫俗子，甚至比普通人更卑微可怜。哈利·波特在被召唤进入魔法世界之前，只不过是寄养在姨妈家的孤儿，饱受欺侮。这就唤起我们对人物的同情和某种程度的共情，毕竟比起高富帅，凡夫俗子的生活更能得到大众的共感。

进入冒险旅程之后，随着一系列考验的来临，人物开始结识盟友和敌人，并在人生导师的帮助下突破过去平凡的自我，逐渐展现出超凡脱俗的才能、承担使命的责任感，但也在各种考验甚至挫败中暴露人性的弱点，甚至最大的危机可能就是因为人物的妥协和动摇导致的，而决一死战的关键时刻往往在于人物经受诱惑的一念之间。

比如,《指环王》中山姆和佛罗多经历重重艰难考验终于抵达末日火山拿到了魔戒，可是就在这个关键性的转折时刻，佛罗多却抵御不了内心想要拥有魔戒的欲望，差点功亏一篑。最终，人物经历这种近乎死亡的考验后终于战胜邪恶，超越自我。

这个模式的迷人之处在于，既符合情节一波三折的需要，又体现了人物在应对外在处境过程中的内在变化。所谓的“成长”不就是在一系列的事件中丰富人格特质，从软弱变得坚强，从依赖变得独立，从自卑变得自信，从渺小变得伟大吗？最催泪的英雄，往往是以牺牲、舍弃自我的方式转败为胜、向死而生。

这个黄金定律放在冒险小说、成长小说中其实也成立。

《鲁滨孙漂流记》《汤姆·索亚历险记》《哈克贝利·费恩历险记》自不必说，主人公主动或被动（意外）开始冒险，在重重考验中历经磨难，最终胜利归来。罗曼·罗兰的《约翰·克里斯朵夫》、赫尔曼·黑塞的《玻璃球游戏》都是关于大师的成长史。

圆形人物的迷人之处在于，它让你意识到人的丰富性和可塑性。我们的人生不也是如此吗？我们也曾且不断经历着生命中一次次的至暗时刻，或是度过危机后突破自我、获得成长，或是陷溺于黑暗中苦苦寻找着救拔的出路。所以当我们阅读英雄人物的故事时，我们之所以被深深感动，多少是因为我们渴望自己也能获得一次冒险的召唤，得到贵人相助，改变自己的命运。在那些惊心动魄的挑战、几近前功尽弃的挫败中，我们为英雄捏一把汗，也为自己捏一把汗。我们仿佛直面自己内心的怯懦、恐惧、害怕，或是在现实的无情摧残中看着自己的梦想渐渐凋零。事实上，当读者将自己的人生投射在英雄的人生中时，他将完全沉浸在小说的世界，仿佛自己也在进行一场超越现实的奇异之旅。

于是这个在现实世界之上具有无穷可能性的三维世界赋予了我们某种超越性的想象：超越一地鸡毛，突破生活常规，哪怕只是在一部作品、一场电影、一幕话剧中。这就是成长故事的动人之处，给你一种日常生活的二维空间以上的三维立面。

当然，圆形人物都是英雄吗？圆形人物一定会成功吗？我认为这是现代小说的重大突破。

与聚焦于社会历史图景的现实主义小说相比，现代小说更转向挖掘人内心世界的复杂与幽微。主人公不一定成就一番大事，但主人公内心的复杂、纠结甚至矛盾、悖论折射出现代世界人性的异化与生命的无奈。

比如，卡夫卡的《城堡》没有什么具体的反面人物，但处处是障碍，让主角寸步难行。再如，托马斯·曼的《魔山》没有什么波澜起伏的情节，不过是大学生汉斯在高山肺病疗养院里的生活。可以说，除了小说快结束时战争的炮火，没有什么外在的冲突，但从主人公与他身边的病友的故事，却能看到整个时代陷入的享乐与禁欲、现世与信仰、颓废与激进之间的病态群像图。

英雄的故事太过于传奇，普通人的挣扎更加真实。

如果你读过陀思妥耶夫斯基的《卡拉马佐夫兄弟》，你一定会惊叹于陀老挖掘人物复杂性、多面性的功力。

小弟弟阿辽沙纯洁、善良到了近乎圣洁的存在，但小说依然写明他在信仰上的疑惑和面对诱惑的软弱。他在修道院的忏悔、修炼中努力想要摆脱家庭，特别是父亲亵渎的阴影，却被佐西玛长老“派遣”离开修道院回到父亲家。他怀着担忧与恐惧离开，心中颤抖：

“我干吗要出去？出去干什么？他为何要打发我到尘世去？这里安谧清净，这里庄严圣洁，那边烦乱扰攘，那边一片黑暗，一下子就会走丢，就会迷路……”

一个人的真正成长不是在避开世俗诱惑的象牙塔里，而是进入世界面对真实的诱惑，面对挑战的信心与勇气。

当阿辽沙听到二哥伊万对于上帝要求人绝对“顺服”而来的反叛、质疑之后，他经历了他最爱的精神导师佐西玛长老的死亡。对圣徒死后身体不朽的期待落空，他感到了对上帝的深深的怨怒。他的心在嘶喊：“我不是造上帝的反，我只是不接受他的世界。”

面对现实的低落，他向信仰发出质疑：你为什么是这样的上帝，你真的是公义、良善的吗？你怎么能允许你如此谦卑、仁爱、圣洁的仆人遭到世人这般侮辱、诟病、诋毁？

阿辽沙的愤怒呈现出了无数个《圣经》里面诚实面对人生苦

难，面对上帝“不公道”的人物——约伯、约拿、耶利米等所共同追问的问题：如果至高的上帝（上帝的裁决、安排、审判）并非我们所理解、想象、希望的那样，我们是否还能安然接受？换句话说，对于一个有着精神洁癖的人，在他少年单纯而正直的心里，纯洁、美好、意义至高点的东西被打碎了、毁坏了，这是何等深的阵痛。

阿辽沙经历他灵性的旷野时，作者却让他“木然”地被奸诈小人带到了本来心怀恶意、“邪恶堕落”如妓女的格鲁申卡“温柔乡”的陷阱里。

> 她活跃地一下就挨着阿辽沙在沙发上坐下，带着十分喜悦的神情看着他。她是真的像她所说的那样非常高兴，并不是说谎。她的两眼放光，嘴角带笑，但这是善意的、快乐的笑。阿辽沙甚至没有料到她会有这样善良的面容。……在昨天以前他很少遇见过她，对她怀有可怖的印象，昨天她对卡捷琳娜·伊凡诺芙娜的那番凶恶而狡黠的举动更使他十分震惊，现在忽然看见她好像出乎意外地完全成了另外一个人，感到非常惊奇。而且不管他怎样受到自己悲苦心情的缠绕，他的眼睛还是不由自主地被她紧紧地吸引住了。她的一举一动似乎也完全变得跟昨天大不相同：语音里几乎完全没有昨天那种可憎的甜蜜味道，也没有了那种温柔做作的姿态，……一切显得单纯而淳朴，她的行动轻快、直率，而且诚挚，不过她心情十分兴奋。
>
> “说真的，上帝，今天什么事都赶在一块了。”她又不停

嘴地说起来。“可我为什么那么高兴你来，阿辽沙，我自己都不知道。不信你问问我看，我真是不知道。”

“你会不知道为什么高兴？”拉基金咧嘴笑笑说。“你以前总有什么原因，才一直缠住我：你领他来呀，你领他来呀。你是有用意的。”

“以前我另有用意，现在已经过去了，不是那时候了。我想请你们吃点东西。我现在心善了，拉基金。你也坐下，拉基特卡，干吗站着？你已经坐下了么？我原说，拉基特卡是不会忘掉自己的。你瞧，阿辽沙，这会儿他正坐在我们对面生气呢：为什么我没有在请你以前先请他坐下？我的拉基特卡真是爱生气，真是爱生气！”格鲁申卡笑了。“你不要着恼，拉基特卡，今天遇到我脾气好。你为什么坐在那儿愁容满面的样子，阿辽沙，是不是怕我？”她带着快乐的嘲笑神气瞧着他的眼睛。

“他有伤心的事情。封圣没指望了。”拉基金沉着嗓门说。

“什么封圣？”

“他的长老发臭了。”

“怎么发臭？你乱嚼什么舌头？我看你就是吐不出象牙来。闭上嘴，傻瓜！阿辽沙，让我坐在你腿上，就这样！”她忽然冷不防地跳了起来，笑着坐到他的膝头上，像一只依人的小猫，右手温柔地搂住他的脖子。“我要让你快活起来，我的敬畏上帝的小乖乖！哦，说实话，你当真让我坐在你的膝上，不生气么？只要你一发话，我就跳下来。”

阿辽沙不吭声。他坐在那里，一动也不敢动，他听到了她说的“只要你一发话，我就跳下来”，但却一声不响，似乎呆住了。然而他的心里并不像那个坐在一旁淫荡地瞧着他的拉基金所预料或想象的那样产生什么念头。他灵魂遭受的巨大创痛吞噬了他心中可能产生的任何感受。倘若此刻他的头脑完全清醒的话，自己也会意识到这时他身上穿着最坚强的甲胄，足以抵抗任何的欲念和诱惑。但话虽如此，他的心灵虽然处于这种麻木不仁的状态，他的忧愁虽然压得这样重，他到底不由自主地对在他心里产生的一种奇怪的新感觉深表惊讶：这个女人，这个“可怕”的女人现在不但不使他产生以前每逢他心灵中偶尔闪过关于女人的某种遐想时，总会产生的那种恐惧。相反地，此刻正坐在他膝上，拥抱着他的那个他最害怕的女人，现在忽然引起了他完全异样的，料想不到的，特别的情感，一种不寻常的，强烈而真诚的对她好奇的感觉，而且毫无惧怕，没有一点点以前所感到的恐惧，——这便是令他不由自主感到费解的地方。

……

“简直肉麻死了！”拉基金嘲笑起来，“你还坐在他的腿上呢！他不喝是因为伤心，你又为什么呢？他起来造他上帝的反，还准备吃腊肠呢……”

“怎么会这样？”

“他的长老今天死了，佐西玛长老，大圣人。”

“佐西玛长老死了?!”格鲁申卡失声叫了起来。“上帝啊，我不知道哇!”她虔诚地在胸前画了个十字。“上帝啊，我在干什么呀，我这会儿还坐在他的腿上呢！”她忽然吓坏了似的，一眨眼便从阿辽沙腿上跳下，坐到沙发上去了。

阿辽沙惊异地对格鲁申卡注视良久，他的脸色似乎变得明亮了些。

“拉基金，”他忽然语气坚定地大声说，“你别用我造上帝的反来刺激我。我不愿对你生气，所以你也别老是惹我。我失去了十分珍贵的东西，那是你从来没有过的，所以你现在也没有资格来裁判我。我劝你还是看一看坐在这里的她：她怜悯了我，看见没有？我来这儿的路上满以为会碰上一个邪恶的灵魂——我身不由己来到这里是因为我自己卑鄙，我自己邪恶——结果我碰上的是一位真诚的姐妹，我发现了珍宝——一颗爱心……。刚才她怜悯了我……阿格拉菲娜·亚历山德罗芙娜，我说的是你。刚才你帮我找回了失落的灵魂。”

阿辽沙的嘴唇颤抖，觉得顺不过气来。他不得不停住。

“就好像她拯救了你似的！”拉基金恶毒地笑了起来。“她想一口吞了你，你知道么？”

“等一等，拉基特卡！”格鲁申卡忽然跳起来说。“你们两人都不要说话。现在让我全说出来：阿辽沙，你不要说话，因为你这类的话会使我感到惭愧，我是个邪恶的人，并不善良，——我就是这样一个人。你呢，拉基特卡，你也不要说话，因为你净说谎。我原来确实有过坏念头，想把他吞吃了，可是现在你却在那里说谎，现在已完全不是那么回事了，……我以后再也不希望听到你说那种话，拉基特卡！”

格鲁申卡带着不寻常的激动心情，说出了这一段话。

“瞧，这两个人都发疯了！”拉基金低沉地嘎声说，惊奇地打量着他们俩，“两个人都是疯子，我好像进了疯人院。两个人互相弄得多愁善感，眼瞅着要哭起来了！”

“我真的想哭，真的想哭！”格鲁申卡说。“他称我为他的姐妹，我永远不会忘记！不过有一点，拉基特卡，我虽然坏，却到底还施舍过一棵葱头。”

“什么葱头？见鬼，你们真的发疯了！”

阿辽沙要放弃自己了，他想看看自己能败坏、堕落到什么地步。情况似乎是雪上加霜，本是遭遇旷野的干涸，又入蛇穴狼窝。然而阿辽沙用一颗真诚而柔软的心，“看”到了格鲁申卡内心的真诚和脆弱。就在那一刹那，当格鲁申卡得知佐西玛长老去世消息的时候，她失声哀痛，那样自然的流露，让阿辽沙看到她不同于那些因嫉妒而阴鸷挑剌的挑事者和见风使舵、没有真情感的无知大众。相反，她看似比冰清玉洁的贵族小姐罪孽深重，然而却比他们任何一个伪装者都要真实、坦诚，良心未泯。

“我来这儿的路上满以为会碰上一个邪恶的灵魂——我身不由己来到这里是因为我自己卑鄙，我自己邪恶——结果我碰上的是一位真诚的姐妹……阿格拉菲娜·亚历山德罗芙娜，我说的是你。刚才你帮我找回了失落的灵魂。”

阿辽沙找回了信心，也唤醒了格鲁申卡心中的柔软与善意。

他大概是五年来第一个称呼她全名的人，“阿格拉菲娜·亚历山德罗芙娜”，有名有姓的正常人，而不是狎昵的“格鲁申卡”，甚至“那个女人”。

当阿辽沙放低自己，成为和对方同等卑下的罪人，赤裸相见他自己的卑鄙与邪恶时，格鲁申卡也完全放下最后一丝“自尊”的防线，她异常激动地供认自己的“邪恶”“并不善良”“坏念头”，出于自尊受伤害的报复与征服欲，想要对阿辽沙设下的圈套，甚至痛哭流涕。

不是矫情，不是戏剧性的夸大，一个在十七岁时被军官侮辱失身后又被抛弃的女人，这五年来，支撑她活下去的全部信念就是复仇。所以她依傍富商，她拼命敛财，她靠出卖肉体来积攒财富与名气，只是为了等到有一天，她有足够的姿色与财力有机会再见那个当年毁了她人生的负心汉。她想要报复，但内心深处又渴望被爱。这样一个遍体鳞伤、受尽折磨的女人，在她罪恶的谷底，遭遇了信仰谷底的阿辽沙，他们成全了彼此。阿辽沙的坦诚与平视让她感到了尊严、真诚与善意，反过来她的坦诚、忏悔又激发阿辽沙对人性的卑微、软弱产生基督救赎一般的怜悯，他去体认这个女人柔弱的身躯承受的罪（仇恨、伤害）的重量，他释放了他心中的黑暗，他看到了宽恕的晨光。女人也在宣泄“报复”中达成了对那个男人的饶恕，他们在彼此的理解、宽恕、接纳中经历了奇妙的救赎。

有趣的是,《圣经》中的耶稣形象对犹太宗教领袖而言，也是不可思议的。他不是穿着宽大的礼袍在会堂上教训人，也没与当时的精英阶层——祭司长、文士交好。耶稣与什么人做朋友？税吏、妓女。耶稣说，有病的人才需要医生。

阿辽沙与格鲁申卡的相遇，难道不正像耶稣与罪人为友吗？

想想耶稣的座上客——被“清洁”人所不齿、唾弃的税吏、妓女，格鲁申卡既做生意敛财，又做妓女拉客，无疑是这二者极具象征性的结合体。

这一幕高潮里还有一个配角很值得注意，那就是引诱阿辽沙、将他带到格鲁申卡处的拉基金。陀老给了他一句特别中肯也颇具警示的批语：“他本来可以想象他俩恰恰都赶上了如此震撼他们灵魂的事情——在这一生中也是罕遇的。但拉基金对于和他本人有关的一切素来十分敏感，在理解他人的感受和心情方面却非常迟钝——部分是由于少不更事，部分则是由于极端自私。”

经历灵魂转折的伟大时刻，拉基金却未曾受到一点点的感动，反而诧异甚至不满，他只关注他自己的利益，期待他的“圈套”实现——看“圣人”阿辽沙出丑，以此来平复他长期感到低人一等的“自尊心”。他对与他自己相关的一毫一厘是如此敏感，对这个世界却毫无知觉。极度自私的人就是如此，看也看不见，听也听不见，永远沉溺于自己的痛苦与计算中，越发地痛苦与算计。邪恶就是这样可怕，他反抗圣洁的呼召，一副骨气高昂的“反叛者”姿态，内心却自怜自己是受害者。在怨怼中太久，只看到自己，可能真的就陷到黑暗的深渊里面，成了黑暗。

陀思妥耶夫斯基并没有将阿辽沙塑造成毫无瑕疵的圣徒，恰恰相反，正是他信仰中的黑暗时刻，在黑暗时刻体现人性本能的挣扎，让我们看到一个人在神性与人性、善与恶、信与不信、崇高与卑下、圣洁与污秽之间的迷茫、纠结、徘徊，看到了最真实的人性。

二哥伊万愤世嫉俗，是无神论的信仰者，在公开场合质疑和诋毁宗教信仰。他看似体现了现代知识分子的进步思想，却在离开父家前往莫斯科时对自己逃避现实的行为十分沮丧，骂自己是“伪君子”。正是这样一个看似反宗教，相信绝对的物质、理性、科学的人，却在第五卷中著名的“宗教大法官”一节做出了近乎“护教”式的宗教反诘：耶稣在旷野胜过魔鬼的三个试探恰恰启示了人类本性中未解决的三个历史矛盾。

第一是自由。耶稣说，人活着不能单靠口中的食物。上帝给人的自由是不为了面包而乞活。但这种绝对的自由却正是人类所抗拒的。孱弱的人类说，宁肯奴役我们，也要让我们吃饱。被上帝看得远远高于口腹的自由，在人类看来却根本不值一提。人类可以为了活着而失去尊严。

第二是良知。解决了生存问题，人类还是要考虑为什么活的问题。但对人类而言，“安宁甚至死亡比在认识善与恶方面的自由选择更可贵”。人类在面对良心的折磨、控告会因为这种自由的重压而反过来抛弃审问他们良心的救主，觉得他的形象和真理不过是给他们带来了无尽的痛苦。

第三是征服。那么，什么东西可以征服这些孱弱的反叛者呢？奇迹、秘密和权威。但耶稣都一一拒绝。耶稣拒绝从殿顶跳下去，用神迹来试探神，固然成就了对于上帝的绝对顺服。但人类在面对生死攸关的节骨眼怎么可能会拒绝神迹呢？由于人不能没有神迹，所以为自己创造出各种神迹——巫术、魔法、仙道，哪怕他们平时声称自己是无神明信仰者。而耶稣在十字架上拒绝人们“你从十字架上下来，我们就信你”的叫喊，因为他所要的是自由信仰，而不是神迹信仰。他渴望的是“自由的爱，而不是奴隶面对彻底把他镇住的权威表现出来的谄媚性狂喜”。但这又高估了人类，因为人类“无疑是奴隶”。

伊万对耶稣的质疑反而成为对世界的审判：最终作为反叛者的人类会为了生存而逃避上帝给的自由，甘愿做这世界上权力王国的奴隶。他甚至预言，人类将建立包罗全世界的组织——使所有人联合成一个没有争议、和睦共处的人类联合共同体。这一点，从某种意义上来说，就是二十世纪以来人类历史的写照。

如果说卡拉马佐夫家的三兄弟中老三体现出使徒般敬虔的“天使”身上的犹豫、灰心、胆怯，老二体现出叛逆者推翻信仰中的自我审视，那么老大米嘉是最能体现人性“善”与“恶”、“强者”与“弱者”、“灵”与“肉”、“超人”与“庸人”交织、变异、转换的人物。

米嘉因为怀疑父亲与自己的情人幽会而差点把父亲砸死，事后当父亲真的被人杀死，自己成为嫌疑人时，又因为自己的确有弑父之心而不做辩解，想要通过承担罪名服苦役来“赎罪”。这种以“自虐”方式忏悔、赎罪的人物形象在陀老的《白痴》《罪与罚》中皆有身影。

圆形人物的深刻性不仅体现在英雄成长故事中不断丰富、完善、超越的人性美好，更体现在救赎文学中对人性堕落的揭发、对被欲望驱使的兽性的责备，以及在苦难中寻求救赎的可能。这类形象提醒我们，再伟大的激情不过是一种理想，人既是尊贵的，是万物之灵，应该享有生命的尊严；但人也是卑微的，是欲望的奴隶，隔绝于真正的自由之外。而我总以为，比起高歌人间真善美的赞颂，陀思妥耶夫斯基对人性近乎绝望的洞察更为深刻。

第四章　象征的人物　关于自我与他者的隐喻

无论是“扁平人物”还是“圆形人物”，传统小说塑造人物形象，力图表达对现实世界的还原与再现，而现代小说则在这种有血有肉、真实立体的人物之外，找到了第三种可能。

米兰·昆德拉在《小说的艺术》中归纳了传统的现实主义小说的人物塑造法则：

1. 应该给人物提供尽可能多的信息。

2. 应该向读者展现人物的过去，以提供当下行动的动机。

3. 小说人物具有独立性，作者不应直接发表议论影响读者，应该让人物自己行动、表演。

第三条法则针对的是叙述者跳出来指点江山的上帝视角写法，我们在第二章提到过。比如，雨果就特别喜欢在小说中大发议论。

我们可以回顾一下他在《悲惨世界》中的发论：

> 让我们试述一下。
>
> 社会必须正视这些事，因为这些事是它自己制造出

来的。

我们已经说过，冉阿让只是个无知识的人，并不是个愚蠢的人，他心里生来就燃着性灵的光。愁苦（愁苦也有它的光）更增加了他心里的那一点微光。他终日受着棍棒、鞭笞、镣铐、禁闭、疲乏之苦，受着狱中烈日的折磨，睡在囚犯的木板床上他扪心自问，反躬自省。

他自己组织法庭。

他开始审问自己。

他承认自己不是一个无罪的人，受的处分也没有过分。他承认自己犯了一种应受指摘的鲁莽的行为；假使当初他肯向人乞讨那块面包，人家也许不会不给；无论给与不给，他总应当从别人的哀怜或自己的工作中去等待那块面包……总之，他错了。

随后他又问自己：

在他这次走上绝路的过程中，他是否是唯一有过失的人？……法律在处罚方面所犯的错误，是否比犯人在犯罪方面所犯的错误更严重呢？天平的两端，在处罚那端的砝码是否太重了一些呢？……企图越狱一次，便加重处罚一次，这种做法的结果，是否构成强者对弱者的谋害，是否构成社会侵犯个人的罪行，并使这种罪行日日都在重犯，一直延续到十九年之久呢？

他再问自己：人类社会是否有权使它的成员在某种情况下接受它那种无理的不关心态度，而在另一种情况下又同样接受它那种无情的不放心态度，并使一个穷苦的人永远陷入一种不是缺乏（工作的缺乏）就是过量（刑罚的过量）的苦海中呢？……

他提出这些问题，并做出结论以后，便开始审判社会，并且判了它的罪。

……

有件事说来很可惜，在审判了造成他的不幸的社会以后，他接着又审判创造社会的上帝。

他也定了上帝的罪。

在那十九年的苦刑和奴役中，这个人的心是一面上升，一面也堕落了。他一面醒悟，一面糊涂。

我们已经知道，冉阿让并不是一个生性恶劣的人。初进监牢时他还是个好人。他在监牢里判了社会的罪后觉得自己的心狠起来了，在判了上帝的罪后他觉得自己成了天不怕地不怕的人了。

我们在这里不能不仔细想想。

人的性情真能那样彻头彻尾完全改变吗？人由上帝创造，生而性善，能通过人力使他性恶吗？灵魂能不能由于恶劣命运的影响彻底转成恶劣的呢？人心难道也能像矮屋下的背脊一样，因痛苦压迫过甚而蜷曲萎缩变为畸形丑态，造成各种不可救药的残废吗？在每个人的心里，特别是在冉阿让的心里，难道没有一点原始的火星，一种来自上帝的素质，在人间不朽，在天上不灭，可以因善而发扬、鼓舞、光大、昌炽，发为奇观异彩，并且永远也不会完全被恶扑灭吗？……

冉阿让在十九年监狱生活中积攒的仇恨在上一个章节已经从事实层面表达，而人物内心用这一章节的最后一段话“年复一年，这个人的心慢慢地，但是无可挽救地越变越硬了。他的心一硬，他的眼泪也就干了。直到他出狱的那天，十九年中，他没有流过一滴泪”也足矣。但为了强调冉阿让这个典型人物的社会意义，雨果又不厌其烦地以人物的视角审判法律、社会、宗教，再以超越人物的上帝视角来审判人物的“堕落”。同时，从人性善的角度铺陈作者关于浪漫主义、人道主义的信念，为后续情节——主教以爱和饶恕的人道关怀感化冉阿让——做铺垫。

雨果对读者语重心长的教诲是典型的传统小说式写法。这一段叙事者指点江山的大篇幅议论从现代审美看，不免有些啰唆又串戏，也降低了小说内涵解读的丰富性。

昆德拉所述的现实主义或称写实主义强调客观表现社会现实，自然抛弃这种主观性强烈、暴露叙事层、让虚构的故事“穿帮”的做法。而前两条原则旨在构建一个完整而自足的人物世界，关于人物的“前世今生”都要有充分、自洽的交代。这种观点今天依然影响着我们最主流的小说、戏剧、影视文学创作。

那么，现代小说在现实主义力图还原、再现真实世界的人物塑造法则之外，又寻找到了什么新的可能性呢?

米兰·昆德拉概括完传统小说的人物塑造法之后，推出了他自己作为20世纪现代小说家的创新与突破。昆德拉挑战这种企图让人物客观、真实的创作理念，他说：

“我小说中的人物是我自己没有意识到的种种可能性。正因为如此，我对他们都一样喜爱，也一样地被他们惊吓。他们每一个人都已越过了我自己圈定的界限。对界限的跨越（我的“我”只存在于界限之内）最能吸引我，因为在界限那边就开始了小说所要求的神秘。”

昆德拉的这段话几乎可以成为现代小说叙事的注脚。昆德拉是这样理解小说存在的意义，那就是小说可以穿越现实的种种障碍，在虚构的世界中拓展存在的可能性。或者这么说：小说人物的迷人之处就在于他/她具有无限的可能性。

超越了福斯特意义上真实的人物，米兰·昆德拉的人物只是一个符号，一种象征，一处隐喻，表达对人生的哲学思考，并不受现实逻辑的制约，甚至会超越作者的控制。

如此先锋的理解让我们想到和昆德拉同一时代的法国结构主义大师罗兰·巴特。罗兰·巴特所谓的“零度写作”“作者已死”事实上也是意识到了作者或者说作者身份对文本建构的局限性，以及文本作为一个自足、独立的空间具有阐释的多义性。

于是我们会发现，现代小说中的人物恐怕不再适合以“真实”“立体”这样现实主义的创作维度来认识和评价。正如昆德拉在《不能承受的生命之轻》中所言，小说人物“不像生活中的人，不是女人生出来的，他们诞生于一个情境，一个句子，一个隐喻。简单说来，那隐喻包含着一种基本的人类可能性”。

或许这正是现代小说人物的魅力，高度象征化的隐喻，隐喻着每一个人根本性的生存处境。

❧人物的“真实性”

在探讨现代小说人物的“可能性”问题之前，我们还是要先说清楚写实主义小说所谓的“真实性”问题。

我们在前言说过，小说的一个定义是虚构。但小说这种艺术的迷人之处就是，能把虚构的故事写得“真实”，让人入戏。2010年诺贝尔文学奖得主、秘鲁作家略萨在《给青年小说家的信》中认为，小说的“说服力”体现在“缩短小说和现实之间的距离，抹去二者之间的界限的同时，努力让读者体验那些谎言，仿佛那些谎言就是永恒的真理，那些幻想就是对现实最真实、可靠的描写”。

略萨的定义一语中的。可是小说是如何达到这种“虚构的真实”呢？这与我们整本书探讨的叙述方式、语言风格、情节构成、结构主题都有关系。就人物塑造而言，传统小说创作认为，即使是虚构的形象，也是具有现实原型、合乎现实情理的。

那么，怎么让人物的行为、动机具有合乎现实逻辑的必然呢？

毕竟，只有孙悟空是从石头里蹦出来的，每个人物成为现在的样子，一定是由他生活的时代、成长的背景、经历、环境造就的。作者需要将人物放置在具体的时空中，让我们理解造成他性格的原因。这就是为什么编剧在展开剧本前，一定会写人物小传。人物小传挖掘人物的社会阶层、成长经历、人格特点，以此来让一个虚构的人物“活”起来。

看看我们前文提到的沙威。

沙威之所以会成为铁血无情的法律工具，具有破坏性的力量，又最终成为这种力量的受害者，在小说的人物设定中，亦是合情合理的。

> 沙威是在监狱里出世的，他的母亲是一个抽纸牌算命的人，他的父亲是个苦役犯。他成长以后，认为自己是社会以外的人，永远没有进入社会的希望。他看见社会毫不留情地把两种人摆在社会之外：攻击社会的人和保卫社会的人。他只能在这两种人中选择一种，同时他觉得自己有一种不可解的刚毅、规矩、严谨的本质，面对他自身所属的游民阶层，却杂有一种说不出的仇恨。他便当了警察。

沙威出生在监狱，父亲是苦役犯，母亲给人算命。显然，他的身份限制他前途的发展。或许是出于对罪犯父亲的鄙夷、对自己身世的痛恨，沙威对自己的阶层有着天然的仇视。为了改变自己卑劣的出生，他立志要成为一个正派人，他也确实通过自己的努力成了受人尊敬的警长。

因此，沙威的情感爱恨分明，他对人的判断非黑即白。

> 这个人是由两种感情构成的：尊敬官府，仇视反叛。这两种感情本来很简单，也可以说还相当的好，但是他执行过度便难免作恶。在他看来，偷盗、杀人，一切罪行都是反叛的不同形式。凡是在政府有一官半职的人，上自内阁大臣，

下至乡村民警，对这些人他都有一种盲目的深厚信仰。对曾经一度触犯法律的人，他一概加以鄙视、疾恨和厌恶。他是走极端的，不承认有例外，一方面他常说："公务人员不会错，官员永远不会有过失。"另一方面他又说："这些人都是不可救药的。他们决做不出什么好事来。"

这样一个背叛自己阶级（反叛者）去认同另一个阶级（统治者）的人，把自己的事业当作人生使命看待：

他深信自己的作用，热爱自己的职务；他做暗探，如同别人做神父一样。落在他手中的人必无幸免！自己的父亲越狱，他也会逮捕；自己的母亲潜逃，他也会告发。他那样做了，还会自鸣得意，如同行了善事一般。同时，他一生刻苦、独居、克己、制欲，从来不曾娱乐过。他对职务是绝对公而忘私的，他理解警察，正如斯巴达人理解斯巴达一样；他是一个无情的侦察者，一个凶顽的诚实人，一个铁石心肠的包探。

可以说，沙威成为国家机器的化身正是由于他自己成长经历的伤痛造成的。虽然在小说中，作为绝对的反派人物，雨果是从批判的角度审视这个人物的偏执的，但如果还原到小说对人物成长的设定中，我们会发现，沙威也实在是一个可怜人。

由于从小缺乏父教和母爱，他从不知道什么是"爱"。他既没有受到过长者的保护、宽容、爱抚和庇护，也没有经历过为他两肋插刀的友情，更没有缠绵悱恻的爱情，当然不能理解冉阿让对弱者的同情、扶助，就连冉阿让给予他的饶恕也只是在他心中激发起更加痛苦的灼烧，而不是融化冰冷的温暖。

从这个意义上说，沙威是世间最可怜之人的代表。可以说他是不完整的、缺失的人，被扭曲、变形成冷漠的机器，他看似理性的判断其实也是畸形、片面、偏执的。

其实我们每个人身上都可能有沙威的影子。原生家庭中成长的伤害导致我们产生某些固有的对世界、对别人、对自己的先入为主的“信念”，过往经历中对自我的认知导致性格里的怯懦、敏感或是易怒、强势。更可怕的是，如果我们看不到自己生命中的这些盲点，在往后的人际交往、职场打拼中，我们又会重蹈甚至加剧之前的覆辙。

所以悲剧人物会让我们审视自己，英雄人物能给我们改变的希望。每个人物艺术虚构、夸张、变形的背后都折射着你和我之间人性的通病和救赎的可能。

人物的“可能性”

就连现实主义的代表列夫·托尔斯泰也意识到，真正进入写作状态后，人物会跳脱作者的控制。他写《安娜·卡列尼娜》，原本并不打算将安娜写死。但在写的过程中，托尔斯泰陷入了安娜的内心世界，用安娜的逻辑审视她的世界，最后不得不叹息，安娜必须死，没有别的出路。

一个真正被成功塑造的人物，应该是在文本内部具有自足的逻辑，并且能带给读者超越现实的想象空间。

让我们来看看米兰·昆德拉自己的小说实践。

《不能承受的生命之轻》中，无论是托马斯还是特蕾莎，都不可能用现实的逻辑框定。托马斯对情爱的自由态度可以说是近乎病态的放纵，几乎成为一种玩世不恭的肉欲的象征。而特蕾莎对托马斯忠诚，因此忍受丈夫混乱的私生活而饱受嫉妒折磨的一生，又成为她难以逃脱的重压。甚至就连托马斯和特蕾莎的爱情，也并不同于一般浪漫爱情故事的一见钟情或者日久生情，而是一种充满偶然、近乎神话般、不对等的怜悯关系：因为特蕾莎找托马斯时忽染流感，半夜发烧，在他家待了一星期，托马斯竟然对才见第二面的她产生了对其他情人没有的“无法解释的爱”：

> 对他而言，她好像是被人放在涂了树脂的篮子里的孩子，顺着河水漂来，好让他在床榻之岸收留她。
>
> ……
>
> 他又一次对自己说，特蕾莎是一个被人放在涂了树脂的篮子里顺水漂来的孩子。河水汹涌，怎么能把这个放着孩子的篮子往水里放，任它漂呢！如果法老的女儿没有抓住水中那只放了小摩西的摇篮，世上就不会有《旧约》，也不会有我们全部的文明了！世上多少古老的神话，都以弃儿被人搭救的情节开始！如果波里布斯没有收养小俄狄浦斯，索福克勒斯就写不出他最壮美的悲剧了！
>
> 托马斯当时还没有意识到，比喻是一种危险的东西。……一个简单的比喻，便可从中产生爱情。

这个“一见钟情”的时刻是那么无厘头。仅仅只是因为托马斯醒来发现特蕾莎紧紧攥着他的手，睡了一夜，而旁边放着她的行李箱，他居然想到了摩西的故事，进而产生了联想式的爱情。

托马斯从不跟情人过夜。对托马斯而言，“爱情不是通过做爱的欲望（这可以是对无数女人的欲求）体现的，而是通过和她共眠的欲望（这只能是对一个女人的欲求）而体现的”。因为第一段婚姻破裂的创伤经历，他有个不成文的习惯：从不和女人过夜。他厌恶深夜在一个陌生的身体旁醒来，更讨厌男女早上起床后的情景。

所以，当他醒来时发现身边睡着的特蕾莎，他体验到了一种近乎奇迹的冲动，而这种冲动不是爱上她，而是“收留”她。也就是说，在对一个人负责的婚姻关系里，多少包含着一种怜悯、心疼和保护的欲望，如同收留弃儿。

而对特蕾莎而言，托马斯更像是命运给她的礼物，是命中注定的爱人，是将她从父母特别是母亲的控制中解救出来的人：“这个陌生人命中注定要出现在她的生命里。他叫她，请她坐在他的身旁。（特蕾莎感到她灵魂的船员冲上了她肉体的甲板。）”

小说男女主角闪电式的结合体现着作者对偶然与必然的理解：“如果一件事取决于一系列的偶然，难道不正说明了它非同寻常而且意味深长？”基于这种宿命论的生命观，小说并不给人物的行动一个必然合乎现实逻辑的理由，而是在偶然巧合中体现人物内心对命运的接受与反抗。

事实上，特蕾莎“投奔”托马斯之前，一直活在母亲的重压下。

特蕾莎的母亲未婚先孕而仓促结婚，后来婚姻不幸，特蕾莎被母亲当作她不幸命运的根源。母亲总是告诉她，“做母亲的就是牺牲一切”，因此特蕾莎以为“做女儿就是永远无法弥补的大写的过错”。母亲不知廉耻，甚至当特蕾莎为了防止洗澡时继父闯入浴室而锁门时，母亲竟然反过来骂她：“你以为你是谁？你美，他不会把你的美吃了的！”

小说写道：“母亲对女儿的仇恨远超过丈夫带给她的嫉妒。”而特蕾莎也正是在这种不断被强化的“犯罪感”和“羞耻感”中早早辍学，将挣得的钱都上交母亲。可以说，她在拼命赎罪，然而母亲依然当着她的面赤身裸体、一丝不挂地在房间里走动，并且向朋友嘲笑特蕾莎可笑的廉耻心。

所以，在这种肉体的、罪恶感的桎梏下，书和音乐是“她反抗那个围困着她的粗俗世界的唯一武器”。因此，在酒吧遇见托马斯的那个时刻，当她看到托马斯桌子上摊开的书（从没有人在这个酒吧看书），当他抬头对她微笑着点了一杯白兰地，广播里刚好流淌出贝多芬的曲子，她被这一系列的偶然震动。乃至于托马斯离开时，递给她的名片、他的房间号、坐过的公园长椅的颜色，对特蕾莎都是一种“偶然巧合的召唤”，“给了特蕾莎离家出走和改变自己命运的勇气”。

从这个意义上看，托马斯的出现对特蕾莎而言的确是一种救赎，是一种对新生的渴望，而这种渴望已超越了男女情爱的肉体欲望，成为一种改变命运的幻想。

也因此，当特蕾莎发现托马斯与无数个女人保持着情人关系时，她再次做起了被无数赤身裸体、一模一样的肉体包围的噩梦。只不过，这一次，赤身裸体的不是母亲，而是托马斯的情人们，以及她自己。

小说对人物内心世界的刻画如此到位：

> 特蕾莎不知道如何告诉托马斯这一切，因此噩梦承担了诉说这一切的责任。她来和托马斯生活在一起，就是为了逃避母亲的世界，那个所有的肉体都是一模一样的世界。她来和托马斯生活在一起，就是为了表明她的肉体是独一无二的，不可替代的。而他呢，他却在她和其他所有女人之间画了一个等号，他用同样的方式拥抱她们，对她们滥施同样的抚爱……他重又把她扔回了她原以为已经逃离了的世界，他让她光着身子和其他赤身裸体的女人一起列队行走。

可以说，在这部小说中，每个人物都是一种哲学性的存在。放在现实生活看，无论是他们的处境还是他们的选择，都是绝对而荒诞的。但在小说中，这些人物却如此自然而圆浑地交错在一起，构成小说要表达的一系列哲学命题：

> 如果我们生命的每一秒钟得无限重复，我们就会像耶稣被钉在十字架上一样被钉死在永恒上。这一想法是残酷的。在永恒轮回的世界里，一举一动都承受着不能承受的责任重担。
>
> 但是，重便真的残酷，而轻便真的美丽？
>
> 最沉重的负担压迫着我们，让我们屈服于它，把我们

压到地上。但在历代的爱情诗中，女人总渴望承受一个男性身体的重量。于是，最沉重的负担同时也成了最强盛的生命力的影像。负担越重，我们的生命越贴近大地，它就越真切实在。

相反，当负担完全缺失，人就会变得比空气还轻，就会飘起来，就会远离大地和地上的生命，人也就只是一个半真的存在，其运动也会变得自由而没有意义。

那么，到底选择什么？是重还是轻？

小说开头这一段关于生命的永劫轮回和轻重选择的讨论是解释这本小说这些“不真实”的人物“可能性”的突破点。

对于特蕾莎，承受男人的“重”，也同时承受着“重”担带来的压力：羞耻、背叛、嫉妒、疯狂。但是，当特蕾莎决定走出托马斯的重担，用与机械工程师调情的方式来“放轻松”，尝试着把做爱和爱分开的时候，她依然做不到肉体与灵魂的分离，“她的灵魂，受了惊吓，在身体深处颤抖”。正如小说开篇作者追问的那个选择，或许无论是重，还是轻，都必须要付出生命的代价。

对于托马斯，看似选择了一种完全逃避责任的“轻”，但是他真的获得自由了吗？或许在爱情领域，托马斯的“生命中并没有什么并非如此不可”的执着，但是职业、荣誉、尊严，或者说作为知识分子发声的自由，似乎却成了他不能放弃的重量。当他在杂志发表得罪当局的文章后，他作为“医院公认的最好的外科医生”的职位和信誉受到威胁，最后甚至不得不辞职、离开。托马斯试图潇洒地做一个普通人，却发现“给人擦玻璃”的工作在自己的认知中，不过是一个“长假”而非真正的转行。成为医生“不是偶然，也不是出于合理的筹谋，而是出于他内心深处的渴望”。

在二十世纪宗教、哲学、文明宣判“上帝已死”之后，挣脱了信仰、道德束缚的自由人类，真的获得了自由吗？人可以挣脱自己的欲望吗？面对“虚无主义”和后现代拆毁一切的一片废墟，比空气还轻的缥缈、无根是否也是一种让人难以承受的空虚？

更有趣的是，小说将近尾声——《卡列宁的微笑》一章，特蕾莎得出了一个惊人的结论：“将她与卡列宁（她和托马斯养的狗）连接在一起的爱胜过她与托马斯之间存在的爱。”也就是说，男女之爱甚至比不上人与狗之间的爱。

原因是：

> 这是一种无私的爱，因为特蕾莎对卡列宁无所求。她甚至不要求爱。她从不提令夫妇头疼的诸如此类的问题：他爱我吗？他曾经更爱过别人吗？他爱我是否比我爱他更深？这是些探讨爱情、度量其深度、对其进行种种猜测和研究的问题，也许正是它们将爱情扼杀了。如果我们没有能力爱，也许正是因为我们总渴望得到别人的爱，也就是说我们总希望从别人那儿得到什么（爱），而不是无条件地投入其怀中并且只要他这个人的存在。

你看，那个孱弱的、无助的、孤独的特蕾莎化身成哲学家、思想家、恋爱专家，指出了人类“爱无能”的根本状态。

人们对爱的渴望，说到底不过是自爱的变体。对爱人的控制欲不就是一种自私的表达？母亲对儿女的占有，丈夫对妻子、妻子对丈夫的改造，事实上都是一种控制。

所以，最后特蕾莎得出了又一个近乎寓言式的结论：

> 人类之时间不是循环转动的，而是直线前进。这就是为什么人类不可能幸福的缘故，因为幸福是对重复的渴望。

狗之所以幸福，因为它围着主人，过着建立在重复之上的循环生活，正如在伊甸园中的牧歌一般。人之所以不幸，在于他意识到了自我，他想要成为自我的主宰者，他离开了伊甸园，走向不断背叛上帝、改造自然、征服自我的不归路。

小说写到这里，特蕾莎也好，托马斯也罢，已经不仅仅是爱情关系中的男人和女人，而是人类文明的缩影。这段对于人类文明史前史——伊甸园“牧歌”的追忆反过来和第一章节中尼采的“永恒轮回”的痛苦形成悖论。永恒重复的伊甸园究竟是重担还是幸福？人类是应该成为“大自然的主人和所有者”（笛卡尔语），以强权征服世界，还是只应该是“上帝指派、借给统治地球的管理者”？

米兰·昆德拉小说的复杂之处在于，作者并没有给出确切的答案、明确的出路，而是抛出了这些尖锐的问题。面对尼采、笛卡尔反抗传统神权之“重”的现代人本主义之“轻”，昆德拉反诘：生命又能够承受这种“轻”吗？

正是因为这样批判现实的思考，米兰·昆德拉笔下的人物不同于传统小说中固定的、有血有肉的艺术形象，更像是一个个夸张、变形、想象的符号，追问着关于人类“存在”样式的可能性。

❧亦真亦幻“两生花”

以上对人物的讨论着眼于单个形象。还有一种别样的人物塑造法，能够在亦真亦幻的人物关系中，展现出群像之间更加丰富、深刻的联系，那就是“重像/替身”的写法。

所谓的“重像”或者“替身”是指两个人物在形貌、性格、身份、处境或者命运等方面处于相似或相对的关系。比如，马克·吐温的小说《王子与贫儿》讲的是爱德华王子与贫儿汤姆因为长得神似，在阴差阳错下互换位置，王子成了贫儿，贫儿当上王子的故事。这个故事的设定就巧妙利用了重像/替身手法，将外貌相似的人物放置在错乱的命运中。这个温暖的喜剧故事的走向你可以想象得到，王子体验到了人间疾苦，贫儿废除严刑酷律，最终王子在历经艰险后回到王宫，真相大白，贫儿让出王位，王子成为仁德爱民的好国王。

重像/替身关系显性体现在外貌相似的两个形象，身世或命运相似或对立,《王子与贫儿》即是如此。还有一种隐性的替身，两个人物外貌不同，但是身份处境类似，命运个性相通，小说中常以此相互参照、衬托。但这种隐性替身可能并不如显性替身具备较高辨识度和典型性。

替身在某种意义上可以理解为对本体的复制，有两种复制形态：

1. 重叠复制：同一种性质/特点反复出现。

2. 分割复制：同一整体由两个对立部分呈现，如理智与情感，精神与肉欲。

这种相似/对立的人物关系在许多文学作品、影视作品中都有。著名的波兰裔法国导演克日什托夫·基耶斯洛夫斯基有一部名片叫《两生花》，又译作《维罗尼卡的双重生命》。我喜欢第一个译名——两生花，两段生命，相逢而逝，蕴含着太多的哲学寓意。

电影讲述两个长相一样、姓名一样、都热爱唱歌的女子，一个生活在波兰，一个生活在法国。波兰的维罗尼卡对父亲说："我有种奇怪的感觉，我并不孤单，我在这世上并不是孤单一人的。"一次偶然的机会，她真的在车站碰到了和她长相一模一样的女孩，对方在另一辆车上，一晃而过，她没能追上。而不久后她就因唱高音时心脏病突发倒在了舞台上。

就在波兰的维罗尼卡死亡的瞬间，法国的维罗尼卡正在与男友做爱，她突然感受到伤感的暴击，流下眼泪，对男友说："我突然感到一种孤独。"她对父亲说："不久前，我有种奇怪的感觉，我重新觉得自己是孤单的，这是突然间发生的，然而一切都并未改变。"此后，她收到了去世的维罗尼卡的照片和遗物，确定了这个世界的确曾经有过另一个自己，但那个人已经离开了。

整部电影笼罩在一种神秘、忧郁又柔和、充满宿命色彩的情调中，体现着"作者电影"极具导演个人风格的色调。电影后半段，法国的维罗尼卡陷入寻找另一个维罗尼卡的旅程，最后当然以失败告终。电影最后一个镜头回到了开头，活着的维罗尼卡依偎在她还是婴儿时，已故的母亲为她摘下一片树叶的那棵树下。

从某种意义上说，电影蕴含着丰富的解读空间：生命的孤独与虚无，本我对超我的寻找，灵魂与肉身的关系，与母体分离的成长之痛等，甚至可以以此为案例，进行精神分析学研究。这些丰富的阐释空间得益于这种“重像”的人物设定。

川端康成的名作《古都》用到了同样的手法。富家女千重子多愁善感，总觉得自己不是现在父母的亲生女，后来果然在京都郊外的北山遇见了孪生妹妹苗子。当然，川端康成写这样一个具有高度艺术虚构的小说是有他的现实目的的。他想借由这样一个姐妹花的形象来描写他心目中日本真正的故乡京都。可以说，千重子对苗子的寻找，亦是作者对自己精神故乡的寻找。

从上面的例子可见，重像/替身的人物设定带出了一个重要的文学母题——“我”是谁？无论是王子与贫儿的命运互换、《双城记》里卡顿为了露西替达尔奈上断头台，还是维罗尼卡、千重子对另一个自我的寻找，扑朔迷离的重像在增加故事的悬念、神秘、丰富之外，更表达出人类对自我和他者（命运、他人、世界）关系的思考，以及对自我中的本我、超我，小我、大我的探寻。尤其是“分割复制”的替身关系，能更加强烈地突出灵与肉、爱与恨、此岸与彼岸的对立冲突。

台湾大学的欧丽娟教授把这种西方小说理论运用到对中国古典小说《红楼梦》的研究中，别开生面。欧丽娟老师梳理脂砚斋评语发现，中国的小说评点家也注意到作品中“影子”的写法。譬如，甄/贾宝玉，“晴有林风，袭乃钗副”。

甄宝玉与贾宝玉不仅姓名谐音，且形貌、身世、性情都极为相似，是非常显性的重像关系。有趣的是，后四十回续书作者让和贾宝玉一样顽劣憨痴的甄宝玉“改过自新”，“惟有念书为事”，回归到儒家经世济民的正统中去。甄宝玉变成了贾宝玉的对立面，二者由重叠（同向）变为分割（对立）。不知这是否合乎曹雪芹原意，但就这样的设计来看，恐怕揭示了宝玉人生的两条出路：在经历大观园青春乐园的坍塌后，或者回到承担社会角色的“正轨”，或者只能遁入空门。可以说出世和入世是每个中国知识分子面临的终极性人生选择。

晴雯与黛玉的显性替身关系也很明显。两个人眉眼相似，性格都清高自许、目无下尘，伶牙俐齿、聪慧率直。但最明显的一处情节是宝玉作《芙蓉女儿诔》祭奠晴雯，却暗示黛玉之殇。黛玉和晴雯共用一种代表花——芙蓉，且在宝玉吟咏诔文祭奠晴雯后，花影中竟走出了黛玉。

> 话说宝玉祭完了晴雯，只听花影中有人声，倒唬了一跳。走出来细看，不是别人，却是林黛玉，满面含笑，口内说道：“好新奇的祭文！可与曹娥碑并传的了。”宝玉听了，不觉红了脸，笑答道：“我想着世上这些祭文都蹈于熟滥了，所以改个新样，原不过是我一时的顽意，谁知又被你听见了。有什么大使不得的，何不改削改削。”黛玉道：“原稿在那里？倒要细细一读。长篇大论，不知说的是什么，只听见中间两句，什么‘红绡帐里，公子多情，黄土垄中，女儿薄命’。这一联意思却好，只是‘红绡帐里’未免熟滥些。放

着现成真事，为什么不用?”宝玉忙问:“什么现成的真事?”黛玉笑道:“咱们如今都系霞影纱糊的窗槅，何不说‘茜纱窗下，公子多情’呢?”宝玉听了，不禁跌足笑道:“好极，是极！到底是你想得出，说得出。可知天下古今现成的好景妙事尽多，只是愚人蠢子说不出想不出罢了。但只一件：虽然这一改新妙之极，但你居此则可，在我实不敢当。”说着，又接连说了一二十句“不敢”。黛玉笑道:“何妨。我的窗即可为你之窗，何必分晰得如此生疏。古人异姓陌路，尚然同肥马，衣轻裘，敝之而无憾，何况咱们。”宝玉笑道:“论交之道，不在肥马轻裘，即黄金白璧，亦不当锱铢较量。倒是这唐突闺阁，万万使不得的。如今我越性将‘公子’‘女儿’改去，竟算是你诔他的倒妙。况且素日你又待他甚厚，故今宁可弃此一篇大文，万不可弃此‘茜纱’新句。竟莫若改作‘茜纱窗下，小姐多情，黄土垄中，丫鬟薄命’。如此一改，虽于我无涉，我也是惬怀的。”黛玉笑道:“他又不是我的丫头，何用作此语。况且小姐丫鬟亦不典雅，等我的紫鹃死了，我再如此说，还不算迟。”宝玉听了，忙笑道:“这是何苦又咒他。”黛玉笑道:“是你要咒的，并不是我说的。”宝玉道:“我又有了，这一改可妥当了。莫若说‘茜纱窗下，我本无缘；黄土垄中，卿何薄命’。”黛玉听了，忡然变色，心中虽有无限的狐疑乱拟，外面却不肯露出，反连忙含笑点头称妙，说:“果然改得好。再不必乱改了，快去干正经事罢。……”

在黛玉提议下，宝玉把诔文改成“茜纱窗下，我本无缘；黄土垄中，卿何薄命”，黛玉听了“忡然变色，心中虽有无限的狐疑乱拟，外面却不肯露出，反连忙含笑点头称妙”。原本的“公子多情……女儿薄命”变成了“我本无缘……卿何薄命”，第三人称是客观叙述，写别人的故事；变成第一、二人称是对话体叙述，直指宝黛有缘无分。难怪黛玉变色，这分明是暗示着黛玉与晴雯一样英年早逝的谶语。

至于袭人与宝钗的对应关系，或许只能算作隐性的替身。两个人容貌并不相似，只是性情一致，且成为妻妾关系，最终的命运也是枉自温柔、公子无缘。

其实，无论是重叠还是分裂，重像不仅体现出命运同构或疏离、自我寻找或迷失的主题，还能够呈现一种对称的美学风格，甚至在一些现代心理小说、犯罪小说、情节小说中，这种孪生梗、真假人、双面人的设定，是情节曲折迷离的秘诀。当然，成功的人物设置绝不只是为了炫技，或让情节复杂，人物设置本身就是主题意义之所在。只有挖掘这种重像/替身的人物关系本身的意义内涵，才能塑造出真正让人过目不忘的经典形象。

想深一层，从更加广义的维度理解，我们与那些经典的文学人物之间，不也是一种重像关系吗？我们在人物身上看到了自己的影子，那些或是让我们欲罢不能，或是让我们恨之入骨的形象，多少折射着我们内心深处对自己的想象。而这才是人物真正的魅力。他们不断逼你追问那个终极性也是原初性的问题：我是谁？

第五章　情节逻辑　时间轴上的游戏

传统的小说分析法一定会谈到小说三要素：人物、情节、环境。人们通常认为，人物是小说的灵魂，情节是小说的内核。正如前文说过的，一个故事吸引人读下去的动力，是对情节的好奇：后面发生了什么。

福斯特对“情节”的定义是“一系列按时序排列的事件的叙述”(《小说面面观》)。他举了个通俗易懂的例子：“国王死了，王后也死了”是故事，“国王死了，王后因伤心而死”是情节。也就是说，情节是一种叙述，赋予偶然的、相互独立的事件一种逻辑关系，而且往往是有先后顺序的因果逻辑。

让你的情节动起来

一个完整的小说情节通常由开端、发展、高潮、结局四个部分组成。前面章节谈到的关于英雄成长故事的好莱坞黄金定律就几乎是按照这个结构展开的。我们不妨这么说，推动故事向前发展的，必然是一系列的矛盾冲突，无论是外在的，还是内在的。而故事的高潮就是这些冲突爆发的最高点，是人物命运的生死时刻。

喜剧“happy ending”的结局往往是危机获得解决，悲剧的结局则呈现出悲怆的崇高感，在情感和主题上会有一些升华。当然，为了让情节一波三折，故事的高潮可能不止一个，不断产生的冲突、意外都可能会造成故事方向的逆转。

如果用图标体现完整的情节图，大概是：

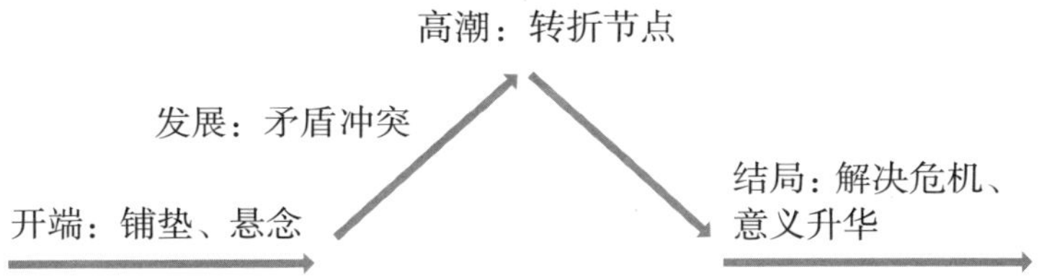

鲁迅的小说《祝福》里祥林嫂二入鲁镇背后三起三落的悲惨命运就是一个典型的一波三折式的故事。

第一次来鲁镇，祥林嫂由卫婆子介绍到四叔家做工。祥林嫂虽然是新失了丈夫的寡妇，“脸色青黄，但两颊却还是红的”。在鲁镇的第一年，祥林嫂勤快能干，虽然干着抵得过一个男人的活儿，却口角有了笑影，脸上也白胖了。这显然是要为后面的冲突做铺垫。

第一个矛盾冲突是婆婆来抓人，祥林嫂逃到白篷船里藏起来。这次冲突的高潮以祥林嫂被抓回老家成亲告终，而真正的高潮其实是由卫婆子转述的：祥林嫂的婆婆为了聘礼将祥林嫂“卖”给了山里人做媳妇，祥林嫂誓死不从大闹婚宴，最后被强迫成婚。这一次的结局是以卫婆子夸祥林嫂“交了好运”（有了丈夫、儿子）和四婶死了心（祥林嫂不会回来了）作结。

第一回合留下了新的悬念：卫婆子说的是真的吗？祥林嫂交

了好运了吗？

祥林嫂第二次来鲁镇是又过了两年，仍然是卫婆子领着，但此时的祥林嫂“两颊上已经消失了血色”，“眼角上带些泪痕，眼光也没有先前那样精神了”。丈夫伤寒死了，儿子又被狼吃了。经受人生第二次打击的祥林嫂还多了一个变化：絮叨。第二次的矛盾冲突拉开了。

祥林嫂不仅手脚不如之前灵活，记性也坏很多。雇主对她不十分满意。但最麻烦的是她的絮叨，逢人便念叨儿子阿毛被狼衔走的故事。一开始，女人们还能陪出同情的泪水，后面听得厌烦，就都不理不顾。甚至，还有取笑的。这就出现了第三重张力。小说写得很尖锐：

> 她未必知道她的悲哀经大家咀嚼赏鉴了许多天，早已成为渣滓，只值得厌烦和唾弃。但从人们的笑影上，也仿佛觉得这又冷又尖，自己再没有开口的必要了。

鲁迅不愧是语言大师，寥寥数语，已把看客的众生相勾勒毕。人们不是真的怜悯、同情，不过把别人的悲剧当作一种笑谈咀嚼玩味，这是比尖刀更能伤人的人心的冷漠。

但这些矛盾都还只是暗流涌动，需要第二个高潮把这些暗流爆发出来。小说称新年来帮佣的柳妈为“善女人，吃素，不杀生”。但正是这个“善女人”用调笑的口气反问祥林嫂被逼婚为什么不反抗到底，并提出了对祥林嫂的灵魂拷问：

生前嫁过两个男人，死后算谁的女人？

这个问题将祥林嫂逼向了绝路。为了解决这个问题，祥林嫂拼命地做工、攒钱，忍受着众人的嘲笑，终于捐了门槛。满以为已经捐功德赎罪的祥林嫂重燃活着的希望，冬至祭祖更卖力地工作，却在准备祭祀用的酒杯时，被四婶一句“你放着罢！祥林嫂”彻底打回原籍，从此一蹶不振。

小说的第二次高潮——赎罪——以失败告终。捐了门槛依旧是被视为不守妇道、不祥不洁的人，祥林嫂的希望再次破灭。而这一次，人生陷入了彻底的绝境。失去了活的盼头，死后还要受折磨，祥林嫂的人生悲剧延伸到了阴间。

小说看似到此作结。其实还有第三次高潮，那就是整个小说的开头。

鲁迅写小说特别擅长使用套层结构。那就是，在主线情节的最外层，再套上一个故事。《祝福》开头“我”与祥林嫂的偶遇如是，《狂人日记》前面的文言引语亦如是。

《祝福》其实是一个倒叙。作为接受新派思想回乡过年的外来者，“我”偶遇了已经沦为乞丐的祥林嫂。我为无法回答祥林嫂的问题而感到不安，而后听说祥林嫂自尽，继而陷入回忆，由此连缀出她前半生的故事。

如果将这个外层故事和里层放在一起读，你会发现，这个小说最深刻之处在于，压倒骆驼的最后一根稻草，竟然是受到新思想启蒙的“我”。当祥林嫂看到“我”时，眼睛竟然重新放光。她问了“我”那个纠缠她、带给她无尽苦恼的问题：

一个人死后究竟有没有灵魂？

然而对于这个问题，读过书、出远门、见识多的“我”并不能给她确切的答案。既不能说一定无，也不能说一定有，只能一个“说不清”搪塞了过去。

这看似没毛病的回答，其实是“我”在纠结之后的逃避。“我”并不是不知道祥林嫂想要的答案，她既害怕柳妈所说的地狱，又希望一家人重新团聚。然而接受了科学进化论思想洗礼的“我”显然无法给出确切的答案，且并不想为自己的回答负责。

但正是这种“也许有罢……论理，就该也有……然而也未必……说不清”的含混糊弄让祥林嫂彻底断了活的念头。

所以从故事实际发生的现实时间顺序来看，祥林嫂遭遇了丧夫、逼婚，再次丧夫、丧子之痛，被婆家迫害，被鲁镇的舆论压迫，被柳妈的迷信辖制，最终被四叔一家的冷酷和“我”的推脱，一步步逼上了死地。本应值得同情的祥林嫂却成了所有人取笑的谈资和鄙视的罪人。可以说，这个故事的每一个人都是杀死祥林嫂的凶手，包括叙事者“我”。而故事正是围绕着祥林嫂人生的三起三落“做工——逼婚；新生活——丧子；赎罪——有罪”展开，一浪推一浪，推向最后的死亡。

好的故事，情节的冲突、转折不止一次，多设置几个“但是”可以使你的情节流动起来，有了跌宕起伏的波折。

❧时间变形术

有趣的是，二十世纪后半叶的小说评论家不大直接谈论“情节”，而更喜欢直接讨论小说的时间设计。我认为一个很重要的原因是，随着心理分析学的发展，现代小说突破了完整的情节构造，不着力于表达外界世界的统一性，而更关注内在世界主观的甚至是碎片化的感受。因此，现代小说批评也从传统的“三要素”向“叙事学”转向。现代小说批评讨论的“时间”不完全是故事发生的情节线，也即前因后果，还包括叙事时间与现实时间的关系、计时时间与心理时间的变形。

所谓的叙事时间与现实时间是现代小说发明的一种神奇的叙事技法：将现实中漫长的时间压缩，或是将现实中短促的瞬间放大。回想一下，《百年孤独》中的第一句话和电影《让子弹飞》中的镜头。

《百年孤独》的第一句话是：“许多年之后，面对行刑队，奥雷里亚诺·布恩迪亚上校将会回想起，他父亲带他去见识冰块的那个遥远的下午。”

这句话太经典，并成为后世小说时间变形术的典范。马尔克斯把将来、现在、过去三个时间点，奥雷里亚诺·布恩迪亚上校漫长的人生压缩到了一句话中。这就是现实时间被无限缩小的技法，类似电影快进。

以此类推，放大现实时间类似电影慢镜头。还记得《让子弹飞》那个子弹在空中缓慢降落的过程吗？现实中大概就一两秒，电影却以此闪回了人物一生的故事。莫言获奖小说《红高粱家族》描写“我爷爷”和“我奶奶”爱情传奇的段落里，有个放大时间的细节几乎不留痕迹。小说回溯还只是一介无名轿夫的余占鳌（“我爷爷”）被花轿上的新娘子戴凤莲（“我奶奶”）一路的哭声打动，在高粱地里小憩的时候摸到了新娘的小脚，萌发劫亲念头的关键时刻：

奶奶哭得昏昏沉沉，不觉地把一只小脚露到轿外。轿夫们看着这玲珑的、美丽无比的小脚，一时都忘魂落魄。余占鳌走过来，弯腰，轻轻地、轻轻地握住奶奶那只小脚，像握着一只羽毛未丰的鸟雏，轻轻地送回轿内。奶奶在轿内，被这温柔感动，她非常想撩开轿帘，看看这个生着一只温暖的年轻大手的轿夫是个什么样的人。

我想，千里姻缘一线牵，一生的情缘，都是天凑地合，是毫无挑剔的真理。余占鳌就是因为握了一下我奶奶的脚，而唤醒了他心中伟大的创造新生活的灵感，从此改变了他的一生，也改变了我奶奶的一生。

爷爷把奶奶的脚送回去，大概也就几秒，小说却以舒缓的节奏大书特写这一历史性转折的时刻，并且不惜让“我”的声音跃过叙事层，提前“剧透”后面的故事，告诉读者，请注意，这个时刻改变了他们的一生，爷爷由此走上了土匪的道路，开启了整个红高粱家族后面的故事。

不要忘了，“我爷爷”和“我奶奶”的爱情故事是在一个怎样的情节构造中讲述的?

这就要说到打乱时间的顺序，进行时间跳转的叙事手法。

小说第一章“红高粱”的最外层叙事时间是：奶奶让父亲跟着余占鳌干爹的队伍准备打日本鬼子。在这一层时间推动的第一个冲突是，国民党部队的冷支队长与余占鳌的土匪军联手，但到了约定的时间冷队长却迟迟没有出现。

第二个冲突，余占鳌决定不等冷支队，带领弟兄们到红高粱地等待敌人，并让父亲回去嘱咐奶奶在晌午送饭。然而，就在奶奶亲自挑着一担饼，即将到达高粱地的堤岸边时，却被日本人机关枪攒射杀死，第一章到达高潮。

在两个现实冲突之间，闪回了三次“回忆杀”。

第一次闪回：在父亲趴在河堤边的骡马场等待鬼子的时候，时间闪回到了一年前，罗汉大叔正是在这片骡马场被日本人残忍“剥皮”。这一个时间跳转，交代了日本兵的残酷以及日本侵略者与“我们”的血海深仇。

第二次闪回：余占鳌下达了让奶奶给部队送饼的任务后，专辟一节交代了爷爷和奶奶的爱情故事。上文所举摸脚的情节即在此节。祖父将奶奶嫁给高密著名的财主单家，但奶奶隐约听说所嫁的夫君是个麻子。在接亲途中，想到未来悲惨的命运，加之轿夫的调笑、路途颠簸，奶奶晕吐之后就哭起来，这唤起了爷爷的怜爱之心。这一层加速情节发展的冲突是，在余占鳌摸了奶奶小脚后，遇到了劫匪。余占鳌徒手将劫匪打死，也因此赢得了奶奶的爱慕。

第二次时空跳转回溯了爷爷奶奶初识的场景，为回到现实层面——奶奶的牺牲，爷爷的悲痛，提供了情感铺垫。

第三次闪回：奶奶出发前安抚疯傻的玲子姑娘，由此闪回了余占鳌叔叔余大牙强暴玲子，任副官要求余占鳌处决亲叔的故事。这一闪回出现了新的重要人物任副官，这个人物在后面的小说还会唱重头戏。此外，也从一个细节体现出爷爷从一般土匪向军纪严明的抗战队伍进阶的重大突破。

你看，莫言小说之所以会造成一种“欲说还休”的故事节奏，就在于这种时间轴上故事套故事的写法。不是按照正常的时间顺序交代来龙去脉，而是在一个个关键的节点跳回到一年甚至十年前发生的事。而这种写法，不完全是为了补充、交代情节，更产生一种回环往复、跳跃拼贴的叙事风格。如同“蒙太奇”的电影剪辑手法，将多个时间、空间点的片段组合在一起，交织成一个多声部的和声。

这种手法也造就了阅读悬念。戴凤莲怎么会成为余占鳌的女人？余占鳌如何走上土匪之路？在第二个闪回中并没有说。这就激发了读者继续向后看的好奇心。一次不能把所有情节说完，分场次透露、补充甚至修正之前的情节，这也是由时间轴上来回跳转实现的。

爷爷奶奶的爱情故事的实质性的突破延宕到了这一章节最后的高潮——奶奶中弹后的弥留之际。莫言在此放大时间，从奶奶的视角，回顾了她人生三十年的爱恨情仇，写得极其缓慢，富有抒情意味。

我们首先看作者是如何用抒情的笔调放大那个中弹的瞬间：

> 飞散的高粱米粒在奶奶脸上弹跳着，有一粒竟蹦到她微微翕开的双唇间，搁在她清白的牙齿上。父亲看着奶奶红晕渐褪的双唇，哽咽一声娘，双泪落胸前。在高粱织成的珍珠雨里，奶奶睁开了眼，奶奶的眼睛里射出珍珠般的虹彩。她说：“孩子……你爹呢……”父亲说：“他在打仗，我爹。”“他就是你的亲爹……”奶奶说。父亲点了点头。
>
> 奶奶挣扎着要坐起来，她的身体一动，那两股血就汹涌

地蹿出来。

"娘，我去叫他来。"父亲说。

奶奶摇摇手，突然折坐起来，说："豆官……我的儿……扶着娘……咱回家、回家啦……"

不写枪弹攒射，写高粱米织成的珍珠雨，把那个残酷、血腥的时刻写得如此美丽、诗意，写成了一首给奶奶的颂歌。节奏放缓，情绪下压，一个女英雄的最后时刻，只是想到自己的儿子、爱人，想要回家。把英雄写出人的血肉，才更加动人。

我们再看作者是如何自然地进行时间的跳转：

父亲捂不住奶奶伤口的流血，眼见着随着鲜血的流失，奶奶的脸愈来愈苍白，奶奶的身体愈来愈轻飘，好像随时都会升空飞走。

奶奶幸福地看着在高粱阴影下，她与余司令共同创造出来的、我父亲那张精致的脸，逝去岁月里那些生动的生活画面，像奔驰的飞马掠过了她的眼前。

奶奶想起那一年，在倾盆大雨中，像坐船一样乘着轿，进了单廷秀家住的村庄，街上流水洸洸，水面上漂浮着一层高粱的米壳。花轿抬到单家大门时，出来迎亲的只有一个梳着豆角辫的干老头子。大雨停后，还有一些零星落雨打在地面上的水汪汪里。尽管吹鼓手也吹着曲子，但没有一个人来看热闹，奶奶知道大事不妙。扶着奶奶拜天地的是两个男人，一个五十多岁，一个四十多岁。五十多岁的就是刘罗汉

> 大爷，四十多岁的是烧酒锅上的一个伙计。
>
> 轿夫、吹鼓手们落汤鸡般站在水里，面色严肃地看着两个枯干的男子把一抹酥红的我奶奶架到了幽暗的堂房里。奶奶闻到两个男人身上那股强烈的烧酒气息，好像他们整个人都在酒里浸泡过。

由高粱米的珍珠雨回想到同样的倾盆大雨——奶奶出嫁的那一天，街上也是流着高粱米壳的水。现实与回忆的交织由“高粱米”一般的“大雨”这一充满文学修辞的场景连缀。只不过，回忆中的是雨水，现实中的是弹雨。那是奶奶的第一次“死亡”，心的死亡，青春的终结：嫁给一个麻风病人。而这是奶奶的第二次死亡，真正意义上身体的死亡。

赋予第一次“死亡”重生的，是爷爷余占鳌。经历了三天新婚的骗局，奶奶逃回娘家，得知自己的父亲为了一头骡子把自己卖给了麻风病人。她大梦惊破，就是在这样绝望的处境中，在高粱地里，和爷爷成就了翻云覆雨的结合。

> 石桥附近传来喇叭凄厉的长鸣和机枪分不清点儿的射击声。奶奶的血还在随着她的呼吸，一线一线往外流。父亲叫着：“娘啊，你的血别往外流啦，流完了血你就要死啦。”父亲从高粱根下抓起黑土，堵在奶奶的伤口上，血很快洇出，父亲又抓上一把。奶奶欣慰地微笑着，看着湛蓝的、深不可测的天空，看着宽容温暖的、慈母般的高粱。奶奶的脑海里，出现了一条绿油油的缀满小白花的小路，在这条小路

上，奶奶骑着小毛驴，悠闲地行走，高粱深处，那个伟岸坚硬的男子，顿喉高歌，声越高粱。奶奶循声而去，脚踩高粱梢头，像腾着一片绿云……

那人把奶奶放到地上，奶奶软得像面条一样，眯着羊羔般的眼睛。那人撕掉蒙面黑布，显出了真像。是他！奶奶暗呼苍天，一阵类似幸福的强烈震颤冲激得奶奶热泪盈眶。

我们总以为，爱情是纤细、柔和、浪漫的，但有一种爱情描写，是霍乱中的爱情，是战火里的爱欲。或许，疾疫、战争、死亡更能突显出激情的强度、烈度、速度。莫言竟然把整个章节最浪漫、最炽热、最浓烈的爱情段落，写在“喇叭凄厉的长鸣和机枪分不清点儿的射击声”中，不可谓不是一种惊人而大胆的尝试。

这个拼贴实在太“带感”了。

现实——高粱地里枪弹交叉扫射，扫射的是战争的暴力。

回忆——高粱地里压抑的欲火燃烧，燃烧的是痴男怨女对命运的反抗。

三天后，爷爷替奶奶手屠单家父子，成为名副其实的土匪，两个人的命运从此彻底被改写。

这大概也是当代小说区别于传统革命文学之处：后革命时代的革命故事，个人的情爱和欲望，才是撬动大时代历史叙事的宏大格局的支点。

我们来看看莫言是如何将个人书写映射到整个历史叙事中的。在奶奶弥留之际，无限放大的时间中，作者这样写：

奶奶躺着，沐浴着高粱地里清丽的温暖，她感到自己轻捷如燕，贴着高粱穗子潇洒地滑行。那些走马转蓬般的图像运动减缓，单扁郎、单廷秀、曾外祖父、曾外祖母、罗汉大爷……多少仇视的、感激的、凶残的、敦厚的面容都已经出现过又都消逝了。奶奶三十年的历史，正由她自己写着最后一笔，过去的一切，像一颗颗香气馥郁的果子，箭矢般坠落在地，而未来的一切，奶奶只能模模糊糊地看到一些稍纵即逝的光圈。只有短暂的又黏又滑的现在，奶奶还拼命抓住不放。奶奶感到我父亲那两只兽爪般的小手正在抚摸着她，父亲胆怯的叫娘声，让奶奶恨爱漶灭、恩仇并泯的意识里，又溅出几束眷恋人生的火花。奶奶极力想抬起手臂，爱抚一下我父亲的脸，手臂却怎么也抬不起来了。奶奶正向上飞奔，她看到了从天国射下来的一束五彩的强光，她听到了来自天国的，用唢呐、大喇叭、小喇叭合奏出的庄严的音乐。

奶奶感到疲乏极了，那个滑溜溜的现在的把柄、人生世界的把柄，就要从她手里滑脱。这就是死吗？我就要死了吗？再也见不到这天，这地，这高粱，这儿子，这正在带兵打仗的情人？枪声响得那么遥远，一切都隔着一层厚重的烟雾。豆官！豆官！我的儿，你来帮娘一把，你拉住娘，娘不想死，天哪！天……天赐我情人，天赐我儿子，天赐我财富，天赐我三十年红高粱般充实的生活。天，你既然给了我，就不要再收回，你宽恕了我吧，你放了我吧！天，你认为我有罪吗？你认为我跟一个麻风病人同枕交颈，生出一窝癞皮烂肉的魔鬼，使这个美丽的世界污秽不堪是对还是错？

天，什么叫贞节？什么叫正道？什么是善良？什么是邪恶？你一直没有告诉过我，我只有按着我自己的想法去办，我爱幸福，我爱力量，我爱美，我的身体是我的，我为自己做主，我不怕罪，不怕罚，我不怕进你的十八层地狱。我该做的都做了，该干的都干了，我什么都不怕。但我不想死，我要活，我要多看几眼这个世界，我的天哪……

这一段是第一章节最抒情的段落，表现的是人物的心理时间。现实的时间可能就是弥留之际的刹那，奶奶却重温了她三十年的人生种种，在最后的时刻，发出本能的对活着的热望。

面对死神的收割机，奶奶发出了请求上天怜悯与饶恕的祈求。然而这种祈求并非是对自己反抗命运的忏悔，而是对这个世界的眷恋与不舍。奶奶认为自己悲剧性的命运——被迫嫁给麻风病人是天道不公，所以自己的反抗也是天经地义。

而她这一段对命运的追问，是那么朴实，又充满纠结，既有对天的祈求，也有对天的不满，对于自己可能违抗天命的辩解和坚持，可以与关汉卿的《窦娥冤》媲美，这大概是每个时代被“逼上梁山”的百姓的心声。

莫言的笔墨是浓烈而绚烂的，高粱酒是腥甜的热血味道，高粱地是奇谲瑰丽的生命形态。当然，你也可以觉得，这种写法太过强烈，缺少一种隐忍、含蓄、隽永的美，那可能是作家的风格所致。在后面探讨“场景”的章节，我们将会看到，和莫言风格截然不同的沈从文、汪曾祺是如何通过时空转场而实现一种含蓄、简约的美学风格的。

第六章　情节动力　矛盾冲突加速器

推动情节前进的叙事动力，往往是一系列的矛盾、冲突、危机。所谓的“戏剧性”说的就是这种冲突构成的张力。

冲突可以分为外部冲突和内部冲突。

外部冲突指命运、处境、意外等外在于人物内心的客观因素的变化导致情节的转折。比如，战争、疾病、意外事故等。传统小说的情节通常靠这种外部冲突驱动。

比起外部冲突，内部冲突更强调人物内心的矛盾、纠结、挣扎。

我们说过，现代小说的一大特点是“向内转”，由关注外部世界——自然、社会、历史、环境对人的影响转而关注人的内在世界——情与理、灵与肉、异化与自由，等等。所以现代小说在情节的设置上，也呈现出由外在冲突为主的情节驱动转为由内在的心理感受为主的人物驱动。许多小说更是兼顾二者，外在的冲突诱发内在的矛盾，或者在一个极端的外部处境中，放大内心的状态。

❧巧合：狗血剧情也催泪

欧·亨利的诸多短篇小说都擅长使用外部冲突推动情节。

《最后一片常春藤叶》持续推动叙事前进的外部冲突是青年女画家琼西的肺病。疾病是不可抗拒的外在威胁，唯一的希望是琼西自己的求生欲。于是，如何重新激发琼西的求生欲，成了情节发展的动力。那么，如何解决难题呢？

欧·亨利设置了第二个外部冲突，随着天气转凉，常春藤叶一片一片掉落。可是树叶和病情有什么关系？琼西的室友苏诧异地看着琼西望着窗外数数，而且是倒着数，终于通过对话弄明白："等到最后一片叶子掉下来，我也就该去了。这件事我三天前就知道了。难道医生没有告诉你？"对琼西而言，落叶就是自己命运的象征，等待落叶就是在等待死亡。

你看，第一个外部冲突（危机）体现在人物身体的衰残，第二个冲突体现人物内心的绝望。于是，如何挽救琼西就变成如何阻止树叶凋零。但这显然也是不可抗拒的自然规律。

但小说突破性的高潮正是违背常理、出乎人物意料的逆转：在凛冽的寒风中，过了一夜漫长的风吹雨打，最后一片树叶还是挂在树上。又过了一夜，树叶还在那里。

这个不合常理的"奇迹"却改变了人物的内心。

"我是一个坏女孩子，苏娣，"琼西说，"天意让那片最后的藤叶留在那里，证明我是多么坏。想死是有罪过的。你现在就给我拿点鸡汤来，再拿点掺葡萄酒的牛奶来，再……不，先给我一面小镜子，再把枕头垫垫高，我要坐起来看你做饭。”

琼西终于有了求生的欲望，在配合医生的治疗下，病情好转。然而就在琼西脱离疾病阴影时，楼下的老画家贝尔曼却病倒了，也是肺炎。

欧·亨利小说情节设计的巧妙之处在于，不直接把“真相”告诉你，而是藏起来，在最后的时刻摊牌，这就是短篇小说“意料之外，情理之中”的结局。原来，在琼西的主线外，一直有一条隐藏的副线，就是老画家贝尔曼。

巧的是，苏听到琼西荒谬的“落叶理论”后难以排遣抑郁，便将这番话告诉了为她做模特的楼下邻居贝尔曼。作者故意收敛笔墨，一笔带过：

老贝尔曼两只发红的眼睛显然在迎风流泪，他十分轻蔑地嗤笑这种傻呆的胡思乱想。

“什么，”他喊道，“世界上真会有人蠢到因为那些该死的常春藤叶子落掉就想死？我从来没有听说过这种怪事。不，我才不给你那隐居的矿工糊涂虫当模特儿呢。你干吗让她胡思乱想？唉，可怜的琼西小姐。”

“她病得很厉害很虚弱，”苏说，“发高烧发得她神经昏乱，满脑子都是古怪想法。好，贝尔曼先生，你不愿意给我当模特儿，就拉倒，我看你是个讨厌的老——老啰唆鬼。”

“你简直太婆婆妈妈了！”贝尔曼喊道，“谁说我不愿意当模特儿？走，我和你一块去。我不是讲了半天愿意给你当模特儿吗？老天爷，琼西小姐这么好的姑娘真不应该躺在这种地方生病。总有一天我要画一幅杰作，我们就可以都搬出去了。

“一定的！”

他们上楼以后，琼西正睡着觉。苏把窗帘拉下，一直遮住窗台，做手势叫贝尔曼到隔壁屋子里去。他们在那里提心吊胆地瞅着窗外那棵常春藤。后来他们默默无言，彼此对望了一会儿。寒冷的雨夹杂着雪花不停地下着。贝尔曼穿着他的旧的蓝衬衣，坐在一把翻过来充当岩石的铁壶上，扮作隐居的矿工。

关于老贝尔曼，前文着墨于一点：他一直梦想画一幅杰作，但现在已经年过六十，杰作还没有动笔。可以说这是一个失败的画家，只能以给艺术区雇不起专业模特的年轻画家做模特为生。直到小说的最后一段，答案揭晓：原来在树上的最后一片叶子是老画家贝尔曼冒着风雨一笔一笔画上去的。

“我有件事要告诉你，小家伙，”她说，“贝尔曼先生今天在医院里患肺炎去世了。他只病了两天。头一天早晨，门房发现他在楼下自己那间房里痛得动弹不了。他的鞋子和衣服全都湿透了，冰凉冰凉的。他们搞不清楚在那个凄风苦雨的夜晚，他究竟到哪里去了。后来他们发现了一盏没有熄灭的灯笼，一把挪动过地方的梯子，几支扔得满地的画笔，还有一块调色板,上面涂抹着绿色和黄色的颜料，还有——亲爱的，瞧瞧窗子外面，瞧瞧墙上那最后一片藤叶。难道你没有想过，为什么风刮得那样厉害，它却从来不摇一摇、动一动呢？唉，亲爱的，这片叶子才是贝尔曼的杰作——就是在最后一片叶子掉下来的晚上，他把它画在那里的。”

这是典型的欧·亨利式结局。

卑微的画家用生命完成了他一生中梦寐以求的“杰作”：那一片拯救了另外一个生命的树叶。而这，也印证了我们在人物章节所说的，最伟大的文学母题之一便是牺牲与救赎。那么，小说是如何完成这个伟大的母题的呢?

那就是设置一个威胁人物生存的外部危机，最终以人物的行动化解危机。这个故事的感人之处在于，一个不起眼的次要人物以隐秘的行动和牺牲自我的方式，完成了英雄的壮举，读者追随主角的视角，在最后时刻才得知真相。

与此相比,《麦琪的礼物》就更加温馨，虽然小说所折射的现实十分残酷，但以冲突推动情节的技巧是一致的。同样，在这篇小说中，推动高潮的冲突是不凑巧的巧合。

圣诞节将至，贤惠的妻子德拉想为丈夫吉姆准备一份贵重的礼物，但她只有一块八毛七分钱。她看中了一条金表链，刚好与吉姆身上唯一值钱的金表相配。最终，她决定卖掉丈夫引以为傲的一头秀发，买到了金表链。但在吉姆回家后，两个人都傻眼了。吉姆给德拉准备的礼物竟然是她曾经在商店橱窗流连忘返的珠宝梳子套装。吉姆为了凑钱买梳子，卖掉了自己的金表。

贫穷是这个故事最大的外部障碍。双方在“不知情”的情况下的“撞车”：因为生活的窘迫而被迫卖掉自己的心爱之物来换取给对方的礼物，然而为对方挑选的礼物恰恰是为这心爱之物量身定制的。所以，忍痛割爱买来的礼物都不适用。丈夫为了给妻子买一把“纯玳瑁做的，边上镶着珠宝”的发梳卖掉了三代祖传的金表；妻子为了给丈夫买表链，卖掉了自己瀑布般的秀发。没有了一头秀发，自然不需要华贵的玳瑁梳。没有了金表，白金表链又有何用？这个故事的催泪之处正是这种凑巧的不凑巧。但正是这不凑巧折射出超越外部障碍的精神高贵：当这对夫妇为了给对方宝贝而舍弃自己的宝贝时，他们金子般的心超越了贫苦生活的限制。

这个由巧合构成的故事并不令人觉得狗血，小说比狗血剧情高明之处在于：

一般狗血剧的巧合要么太过偶然、小概率、超出常理。比如，一对青梅竹马的恋人即将结婚，女孩突然查出患有不治之症或者器官衰竭，男孩想要为她献血/移植器官，一查发现两个人竟然是孪生兄妹。或者因为情节编不下去（缺乏动力）硬凑出一个偶然的灾难/遇见/发现/外援。比如，爱情剧里的失忆梗，男女主角在经历重重考验后即将在一起，突然发生车祸/事故/疾病/误食灵药，一方失忆了。“玛丽苏”剧里，常常出现平平无奇的女主角无意间帮助/得罪了霸道总裁而让对方爱上了她的剧情。最狗血的，甚至还会上演死而复生、整容变形的复仇大剧。

欧·亨利的小说里，外部冲突与偶然的巧合确实是推动情节发展的重要元素。但这些巧合并不让人觉得“假”，就在于在小概率的意外背后，有着合乎情理的必然逻辑。

苏之所以把琼西的事情告诉贝尔曼，是因为当她得知琼西已经丧失求生的欲望时，心烦意乱，在情感上有倾诉的需求。而贝尔曼刚好是她的模特，是能立刻分担她的“胡思乱想”的人。德拉与吉姆的“撞车”也并非纯属偶然。为了这一份礼物，两个人已经努力攒钱了很久，但发现靠微薄的积蓄永远无法实现愿望，才出此置换物件的下策。挑选礼物当然要合对方心意，这么一来，换来的礼物与舍弃的宝贝的高度契合其实亦是在所难免的。

所以，高明的外部冲突是，哪怕是偶然的巧合，也有必然的逻辑。

❧战争成就的“情爱”故事

如果你读过张爱玲的诸多小说，你一定会觉得《倾城之恋》是一个例外。

在张爱玲笔下，大部分的男欢女爱都不过是欲望的挑逗，禁不住现实的试探。《封锁》是公交车上的一场白日梦；《沉香屑》是出卖肉体的逢场作戏；《金锁记》是爱而不得的变本加厉，就连《半生缘》里难得的纯情故事也敌不过命运的捉弄。《倾城之恋》是张爱玲笔下难得的从“调情”到“结婚”，真正修成正果的“地老天荒”的爱情。

那么是什么促使两个“各怀鬼胎”的人最后走到履行“爱情”的承诺这一步？仅仅靠人物内心的欲望是不能促使情节推动

到“大团圆”的结局的，那么，是什么将两个现实、功利、自私、算计的人推向婚姻的围城呢？

我们来重读一下张爱玲的这本爱情传奇。

对《倾城之恋》的女主角白流苏的设定是离婚后寄住娘家。小说开头极力描写白流苏在白家的尴尬处境：离婚伤风败俗，啃老拖累全家。

白流苏在家庭的嘲笑、排挤中想要为自己谋得出路，这是人物第一阶段的心理动机。或是找事，或是嫁人。热心说媒的徐太太劝她，找事做不如嫁个有钱人一劳永逸，并且慷慨热情地包揽了牵线的重任。

小说写萌生再嫁念头的白流苏对镜自视的细节：

> 流苏突然叫了一声，掩住自己的眼睛，跌跌冲冲往楼上爬，往楼上爬……上了楼，到了她自己的屋子里，她开了灯，扑在穿衣镜上，端详她自己。还好，她还不怎么老。她那一类的娇小的身躯是最不显老的一种，永远是纤瘦的腰，孩子似的萌芽的乳。她的脸，从前是白得像瓷，现在由瓷变为玉——半透明的轻青的玉。下颌起初是圆的，近年来渐渐尖了，越显得那小小的脸，小得可爱。脸庞原是相当的窄，可是眉心很宽。一双娇滴滴、滴滴娇的清水眼。

白流苏知道用女人的资本可以换取生存的保障。用香港岭南大学许子东教授的话说，对白流苏而言，结婚相当于找一张“长期饭票”。

其实徐太太本是为排行老七的白宝络找对象，顺道给老六白流苏做媒。因为七妹的对象范柳原是著名的华侨之子，家产丰厚，深得白家重视，而白流苏的再嫁不过是个笑话，所以先安排宝络的相亲大事，再张罗白流苏。可七妹偏偏因为四奶奶想要把这样的金龟婿争取到自己的女儿身上而在老太太面前说她坏话，所以她坚持拒绝和四奶奶的女儿一同赴约，便拉上了白流苏作陪。

于是，小说出现了推进情节的第一个转折点。

英国华侨范柳原居然和白流苏跳了舞，而且跳了三曲。“霸道总裁”范柳原看上了已经二十八岁且还离过婚的白流苏，这么“玛丽苏”的情节在白家炸开了锅。特别是四奶奶骂白流苏“大户人家的小姐跟人跳舞，好不害臊”、“猪油蒙了心”、人家怎会要她这“败柳残花”，尤为难听。

这一段对白流苏的心理描写极其细腻：

> 流苏和宝络住着一间屋子，宝络已经上床睡了，流苏蹲在地下摸着黑点蚊香，阳台上的话听得清清楚楚，可是她这一次却非常的镇静，擦亮了洋火，眼看着它烧过去，火红的小小三角旗，在它自己的风中摇摆着，移到她手指边，她噗的一声吹灭了它，只剩下一截红艳的小旗杆，旗杆也枯萎了，垂下灰白蜷曲的鬼影子。她把烧焦的火柴丢在烟盘子里。今天的事，她不是有意的，但是无论如何，她给了他们一点颜色看看。他们以为她这一辈子已经完了么？早哩！她微笑着。宝络心里一定也在骂她，骂得比四奶奶的话还要难

听。可是她知道宝络恨虽恨她，同时也对她刮目相看，肃然起敬。一个女人，再好些，得不着异性的爱，也就得不着同性的尊重。女人们就是这点贱。

范柳原真心喜欢她么？那倒也不见得。他对她说的那些话，她一句也不相信。她看得出他是对女人说惯了谎的。她不能不当心——她是个六亲无靠的人。她只有她自己了。床架子上挂着她脱下来的月白蝉翼纱旗袍。她一歪身坐在地上，搂住了长袍的膝部，郑重地把脸偎在上面。蚊香的绿烟一蓬一蓬浮上来，直熏到她脑子里去。她的眼睛里，眼泪闪着光。

这一段写白流苏在绝境中的置气和挣扎。她并不是坠入爱河以身相许的“恋爱脑”，她非常清醒地意识到，范公子对她很可能只不过是逢场作戏。但是相比之下，这让白家人对她“刮目相看”的快感让她解气。白流苏是一个死心的人，对凉薄的娘家人死心，对伤过她的爱情死心，她知道，她只能靠自己。

因此，过了几天，当徐太太递话邀请白流苏到香港去（实际是范柳原的安排）时，白流苏竟然答应了。

白流苏盘算得很清楚：

流苏的父亲是一个有名的赌徒，为了赌而倾家荡产，第一个领着他们往破落户的路上走。流苏的手没有沾过骨牌和骰子，然而她也是喜欢赌的。她决定用她的前途来下注。如果她输了，她声名扫地，没有资格做五个孩子的后母。如果赌赢了，她可以得到众人虎视眈眈的目的物范柳原，出净她胸中这一口恶气。

白家人势利得太明显：

徐太太这样地笼络流苏，被白公馆里的人看在眼里，渐渐地也就对流苏发生了新的兴趣。除了怀疑她之外，又存了三分顾忌，背后嘀嘀咕咕议论着，当面却不那么指着脸子骂了，偶然也还叫声“六妹”“六姑”“六小姐”，只怕她当真嫁到香港的阔人，衣锦荣归，大家总得留个见面的余地，犯不着得罪她。

就这样，白流苏就像“开挂”了一样，搭上了前往香港的冒险之旅。

到了香港，果然和范柳原住在一个旅馆。二人关系进入了焦灼的试探阶段。二人独处的时候，范柳原一改在众人前的放肆，反而斯文稳重，君子模样。他称赞白流苏是“真正的中国女人”“永远不会过时”。

在一堵灰砖墙壁边，范柳原表达了他对“地老天荒”式的爱情的想象：

柳原靠在墙上，流苏也就靠在墙上，一眼看上去，那堵墙极高极高，望不见边。墙是冷而粗糙，死的颜色。她的脸，托在墙上，反衬着，也变了样——红嘴唇，水眼睛，有血，有肉，有思想的一张脸。柳原看着她道："这堵墙，不知为什么使我想起地老天荒那一类的话。……有一天，我们的文明整个地毁掉了，什么都完了——烧完了，炸完了，坍完了，也许还剩下这堵墙。流苏，如果我们那时候在这墙根底下遇见了……流苏，也许你会对我有一点真心，也许我会对你有一点真心。"

这段话成为这个小说的一段非常经典的对白，也成为这段"倾城之恋"结局的寓言。范柳原一方面渴望"真心"的爱情，三次对白流苏说"我要你懂得我"；一方面他坦承连自己也不懂自己，"也许我这些话无非是借口，自己糊弄自己"，"我爱玩——我有这个钱，有这个时间，还得去找别的理由"。

范柳原虽然欣赏白流苏，但还没有到为了她放弃自由玩乐的单身生活的程度。

而对此，异常冷静、理性的白流苏对这一场恋爱的较量算计得更清楚：

流苏自己忖量着，原来范柳原是讲究精神恋爱的。她倒也赞成，因为精神恋爱的结果永远是结婚，而肉体之爱往往就停顿在某一阶段，很少结婚的希望。精神恋爱只有一个毛病：在恋爱过程中，女人往往听不懂男人的话。然而那倒也没有多大关系。后来总还是结婚，找房子，置家具，雇佣人——那些事上，女人可比男人在行得多。

……

> 流苏表面上虽然和他热了些，心里却嘀咕着：他使她吃醋，无非是用的激将法，逼着她自动地投到他怀里去。她早不同他好，晚不同他好，偏拣这个当口和他好了，白牺牲了她自己，他一定不承情，只道她中了他的计。她做梦也休想他娶她。……很明显地，他要她，可是他不愿意娶她。然而她家里穷虽穷，也还是个望族，大家都是场面上的人，他担当不起这诱奸的罪名。因此他采取了那种光明正大的态度。她现在知道了，那完全是假撇清。他处处地方希图脱卸责任。以后她若是被抛弃了，她绝对没有谁可抱怨。

白流苏从开头就做好了成为“赌徒”的心理准备。成功了，步入婚姻；失败了，名誉扫地。这场以结婚为目的的恋爱，她步步为营，何谈真心。而范柳原呢，多少有些动了情，但也看出了白流苏并没有真心。所以两个人的关系就在这种暧昧的相互试探中僵持着。

就在白流苏发愁这么僵持下去如何收场时，第二回合的高潮来了：

> 这一天，在深夜里，她已经上了床多时，只是翻来覆去。好容易朦胧了一会，床头的电话铃突然朗朗响了起来。她一听，却是柳原的声音，道：“我爱你。”就挂断了。流苏心跳得扑通扑通，握住了耳机，发了一回愣，方才轻轻地把它放回原处。谁知才搁上去，又是铃声大作。她再度拿起听筒，柳原在那边问道：“我忘了问你一声，你爱我么？”流苏

咳嗽了一声再开口，喉咙还是沙哑的。她低声道："你早该知道了。我为什么上香港来？"柳原叹道："我早知道了，可是明摆着的事实，我就是不肯相信。流苏，你不爱我。"

流苏道："怎见得我不？"柳原不语，良久方道："诗经上有一首诗——"流苏忙道："我不懂这些。"柳原不耐烦道："知道你不懂，你若懂，也用不着我讲了！我念给你听：'死生契阔——与子相悦，执子之手，与子偕老。'我的中文根本不行，可不知道解释得对不对。我看那是最悲哀的一首诗，生与死与离别，都是大事，不由我们支配的。比起外界的力量，我们人是多么小，多么小！可是我们偏要说：'我永远和你在一起；我们一生一世都别离开。'——好像我们自己做得了主似的！"

流苏沉思了半晌，不由得恼了起来道："你干脆说不结婚，不就完了！还得绕着大弯子！什么做不了主？连我这样守旧的人家，也还说'初嫁从亲，再嫁从身'哩！你这样无拘无束的人，你自己不能做主，谁替你做主？"柳原冷冷地道："你不爱我，你有什么办法，你做得了主么？"流苏道："你若真爱我的话，你还顾得了这些？"柳原道："我不至于那么糊涂。我犯不着花了钱娶一个对我毫无感情的人来管束我。那太不公平了。对于你，那也不公平。噢，也许你不在乎。根本你以为婚姻就是长期的卖淫——"流苏不等他说完，啪的一声把耳机掼下了，脸气得通红。他敢这样侮辱她！他敢！她坐在床上，炎热的黑暗包着她像葡萄紫的绒毯子。一身的汗，痒痒的，颈上与背脊上的头发梢也刺恼得难受。她把两只手按在腮颊上，手心却是冰冷的。

铃又响了起来。她不去接电话，让它响去。“的铃铃……的铃铃……”声浪分外地震耳，在寂静的房间里，在寂静的旅舍里，在寂静的浅水湾。流苏突然觉悟了，她不能吵醒了整个的浅水湾饭店。第一，徐太太就在隔壁。她战战兢兢拿起听筒来，搁在褥单上。可是四周太静了，虽是离了这么远，她也听得见柳原的声音在那里心平气和地说：“流苏，你的窗子里看得见月亮么？”流苏不知道为什么，忽然哽咽起来。泪眼中的月亮大而模糊，银色的，有着绿的光棱。柳原道：“我这边，窗子上面吊下一枝藤花，挡住了一半。也许是玫瑰，也许不是。”他不再说话了，可是电话始终没挂上。许久许久，流苏疑心他可是盹着了，然而那边终于扑秃一声，轻轻挂断了。流苏用颤抖的手从褥单上拿起她的听筒，放回架子上。她怕他第四次再打来，但是他没有。这都是一个梦——越想越像梦。

这本是一个表白心迹的浪漫时刻，却成了一场朦胧月色中的幻梦。范柳原问白流苏：你爱我么？白流苏始终给不了正面的回答。白流苏要的婚姻，范柳原推说做不了主。

香港之旅自然以白流苏的失败告终。很快，当白流苏回到上海，白公馆的人自然对她更不待见。如今，她再无可以立足之处，范柳原成了她唯一的出路。所以，当范柳原再次邀请白流苏到香港，这一次，摆明了是让白流苏做情妇。但白流苏却无法拒绝。

小说这样描写这个女人彻底的失败：

白老太太长叹了一声道："既然是叫你去，你就去吧！"她就这样的下贱么？她眼里掉下泪来。这一哭，她突然失去了自制力，她发现她已经是忍无可忍了。一个秋天，她已经老了两年——她可禁不起老！于是她第二次离开了家上香港来。这一趟，她早失去了上一次的愉快的冒险的感觉。她失败了。固然，女人是喜欢被屈服的，但是那只限于某种范围内。如果她是纯粹为范柳原的风仪与魅力所征服，那又是一说了，可是内中还搀杂着家庭的压力——最痛苦的成分。

第二次到香港，和范柳原同居的白流苏距离结婚目标越来越遥远。

小说是这么写的：

他提议替她在香港租下一幢房子住下，等个一年半载，他也就回来了。她如果愿意在上海住家，也听她的便。她当然不肯回上海。家里那些人——离他们越远越好。独自留在香港，孤单些就孤单些。问题却在他回来的时候，局势是否有了改变。那全在他了。一个礼拜的爱，吊得住他的心么？可是从另一方面看来，柳原是一个没长性的人，这样匆匆地聚了又散了，他没有机会厌倦她，未始不是于她有利的。一个礼拜往往比一年值得怀念。……他果真带着热情的回忆重新来找她，她也许倒变了呢！近三十的女人，往往有着反常的娇嫩，一转眼就憔悴了。总之，没有婚姻的保障而要长期抓住一个男人，是一件艰难的、痛苦的事，几乎是不可能

> 的。啊，管它呢！她承认柳原是可爱的，他给她美妙的刺激，但是她跟他的目的究竟是经济上的安全。这一点，她知道她可以放心。

白流苏对自己处境的分析不可谓不全面、不理性、不细致。然而，她依然没有办法为自己处在劣势状态的命运翻盘。情节至此，如果没有外在力量的推动，很可能两个人的关系永远停留在了这一层。

就在情节陷入僵持的停滞阶段，小说出现了第三个情节逆转，也是推动整个小说“质变”飞跃的关键性的外部力量：战争。

一九四一年，香港沦陷。

白流苏在摇摇欲坠、空荡荡的房子里忍受着一波又一波的高射炮。在这生死徘徊的时刻，白流苏第一次真心想到了范柳原：

> 流苏也想到了柳原，不知道他的船有没有驶出港口，有没有被击沉。可是她想起他便觉得有些渺茫，如同隔世。现在的这一段，与她的过去毫不相干，像无线电里的歌，唱了一半，忽然受了恶劣的天气的影响，劈劈啪啪炸了起来。炸完了，歌是仍旧要唱下去的，就只怕炸完了，歌已经唱完了，那就没得听了。

从死亡看当下，就会有一种“隔世”的荒诞感。就是在这死亡威胁的非常时刻，两个人的重遇有了乱世相依的味道：

铃一响，流苏自己去开门，见是柳原，她捉住他的手，紧紧搂住他的手臂，像阿栗搂住孩子似的，人向前一扑，把头磕在门洞子里的水泥墙上。柳原用另外的一只手托住她的头，急促地道："受了惊吓吧？别着急，别着急。你去收拾点得用的东西，我们到浅水湾去。快点，快点！"……

柳原叹道："这一炸，炸断了多少故事的尾巴！"流苏也怆然，半晌方道："炸死了你，我的故事就该完了。炸死了我，你的故事还长着呢！"柳原笑道："你打算替我守节么？"他们两人都有点神经失常，无缘无故，齐声大笑。而且一笑便止不住。笑完了，浑身只打颤。

……

流苏到了这个地步，反而懊悔她有柳原在身旁，一个人仿佛有了两个身体，也就蒙了双重危险。一颗子弹打不中她，还许打中他。他若是死了，若是残废了，她的处境更是不堪设想。她若是受了伤，为了怕拖累他，也只有横了心求死。就是死了，也没有孤身一个人死得干净爽利。她料着柳原也是这般想。别的她不知道，在这一刹那，她只有他，他也只有她。

都说患难见真情，张爱玲说，不是患难显出真情，而是患难逼出了真情。战争、死亡拿掉了一个人在他以外凭借的一切东西：身份、权力、金钱。此刻的范柳原，不再是一张"饭票"，白流苏也不是一具"肉体"。两个赤裸裸的一无所有的人，终于可以拥有彼此：等价的人，而不是实现自我欲望的工具。

小说最具有艺术感染力的一处设计是，当范柳原干起了各样粗活，白流苏初次上灶做菜，两个人过起了真正日常的夫妻生活时，白流苏想起第一次来香港，范柳原带她去看的那一堵墙：

> 流苏拥被坐着，听着那悲凉的风。她确实知道浅水湾附近，灰砖砌的那一面墙，一定还屹然站在那里。风停了下来，像三条灰色的龙，蟠在墙头，月光中闪着银鳞。她仿佛做梦似的，又来到墙根下，迎面来了柳原。她终于遇见了柳原。……
>
> 在这动荡的世界里，钱财，地产，天长地久的一切，全不可靠了。靠得住的只有她腔子里的这口气，还有睡在她身边的这个人。她突然爬到柳原身边，隔着他的棉被，拥抱着他。他从被窝里伸出手来握住她的手。他们把彼此看得透明透亮，仅仅是一刹那的彻底的谅解，然而这一刹那够他们在一起和谐地活个十年八年。
>
> 他不过是一个自私的男子，她不过是一个自私的女人。在这兵荒马乱的时代，个人主义者是无处容身的，可是总有地方容得下一对平凡的夫妻。

我以为，这是关于爱情最接地气也是最苍凉的书写。哪有什么为你上刀山、下火海的轰轰烈烈的誓言，真正的爱情只不过是两个自私的平凡人相互取暖。

对此，范柳原总结得也很独到：

柳原歇下脚来望了半晌，感到那平淡中的恐怖，突然打起寒战来，向流苏道："现在你可该相信了：'死生契阔，'我们自己哪儿做得了主？轰炸的时候，一个不巧——"流苏嗔道："到了这个时候，你还说做不了主的话！"柳原笑道："我并不是打退堂鼓。我的意思是——"他看了看她的脸色，笑道："不说了。不说了。"他们继续走路。柳原又道："鬼使神差地，我们倒真的恋爱起来了！"流苏道："你早就说过你爱我。"柳原笑道："那不算。我们那时候太忙着谈恋爱了，哪里还有工夫恋爱？"

爱是一个动词，是一种行动。当两个人谈论关于爱情的种种，他们还是在用想象和理性盘算着情爱中的得失；当两个人真的投入到日常生活的相濡以沫中，才可能真正学会去爱。战争的外部冲突，不仅给范柳原和白流苏创造相守一隅的机会，更给他们在行动中去爱的可能。

故事大可以就此打住。但张爱玲高于一般通俗小说的犀利与残酷在于，在这样一个"皆大欢喜"的结尾处，还不忘讽刺一笔：

白公馆里流苏只回去过一次，只怕人多嘴多，惹出是非来。然而麻烦是免不了的。四奶奶决定和四爷进行离婚，众人背后都说流苏的不是。流苏离了婚再嫁，竟有这样惊人的成就，难怪旁人要学她的榜样。流苏蹲在灯影里点蚊香。想到四奶奶，她微笑了。

柳原现在从来不跟她闹着玩了。他把他的俏皮话省下来说给旁的女人听。那是值得庆幸的好现象，表示他完全把她当作自家人看待——名正言顺的妻。然而流苏还是有点怅惘。

香港的陷落成全了她。但是在这不可理喻的世界里，谁知道什么是因，什么是果？谁知道呢，也许就因为要成全她，一个大都市倾覆了。成千上万的人死去，成千上万的人痛苦着，跟着是惊天动地的大改革……流苏并不觉得她在历史上的地位有什么微妙之点。她只是笑吟吟地站起身来，将蚊香盘踢到桌子底下去。

传奇里的倾国倾城的人大抵如此。

到处都是传奇，可不见得有这么圆满的收场。

当初骂得最厉害的是四奶奶，如今要学白流苏离婚的也是她。不过在灯影里点蚊香的人，这次终于转哭为笑了。然而我们大可再想一想，白流苏的倾城之恋真的是“圆满的收场”吗？

别忘了，范柳原又回到了花花大少的作派，把俏皮话说给别的女人听。战争结束，一切都被打回原形，白流苏获得了她梦寐以求的“饭票”，仅此而已。人性啊人性，张爱玲小说的犀利之处就在于，彻底撕碎文明的面纱，袒露人性最丑陋的不堪。也正是这种不堪，是最真实的世俗底色。

总结一下，《倾城之恋》这个故事情节推进的巧妙之处在于，利用外部冲突推进人物的生存处境，继而在每一个处境中逼人物做出选择、行动，反过来又实现情节的变化、突转。

❧极端处境下的人性挑战

如果说传统小说依靠外部矛盾做催化剂，那么卡夫卡就是打破这种外部矛盾推动情节的开创者。现代小说不再依靠外部冲突推进故事，而是在极端的近乎超现实的荒诞处境中，探索人内心世界的复杂性。

你看《变形记》的开头：

> 格里高尔·萨姆沙做了一连串的噩梦，等早上清醒过来的时候，他发觉自己已经变成了一只巨大的虫子，正在床上躺着。他背上背负着坚硬的甲壳，面朝上躺在那里，只要微微抬起头来便能看见自己高耸的肚皮。肚皮是褐色的，表面由很多呈弧状的甲壳组成。由于肚子膨胀得太大，被子显然不够盖了，滑落下去已是迫在眉睫。跟庞大的躯干相比，他的腿则又细又小，这会儿正在不停地抖动着，落在他眼中，愈发显得可怜巴巴的。

小说开头就是矛盾冲突的高潮。主人公变成了甲壳虫，怎么变的？为什么？怎么办？小说没有交代，往后也没有解决。整个小说就是在这种近乎荒诞的极端设置下展开。

但正是这种超现实的设置，引发了一系列现实危机，如同放大镜一般折射出人性的真相。格里高尔是家里的顶梁柱，要为父母还债，还要为妹妹积攒嫁妆。变成甲壳虫的第一个危机是工作问题。果然，因为不能起床，错过了出差，法律代表上门调查。

> 母亲向法律代表解释道："这孩子肯定是生病了，否则他是绝对不会错过那列火车的。代表先生，请您务必要相信我！他心里头无时无刻不在记挂着自己的工作，就算是晚上下班以后，也绝不出去玩。老实说，这件事惹得我很不高兴呢。在过去的八天内，他从没离开这座城半步，一到晚上就寸步不离地守在家里，陪伴在我们身边。他要么对着列车时间表仔细研究，要么就在桌边坐着，一声不吭地读报纸。……先生，我真欣慰你能过来，否则我们都不知道怎样才能让他把门打开。这孩子肯定是生病了，尽管他一直在否认这一点。他之所以会否认，完全是因为性格太倔强了。"格里高尔答道："我很快就来。"他的声音听起来非常小心，且一字一顿的。说完这话以后，他并没有采取任何行动，否则他便很难听清楚他们在说些什么了。法律代表说："生病恐怕就是唯一合理的解释了，但愿他病得不严重。在此我要说明一下，我们这种商务人士通常不会在意那些无关紧要的小毛病，毕竟还是做生意最重要啊！当然，别人可能会持有不同的意见。"这时候，父亲的耐性已经几乎耗光了，他问："现在能不能让法律代表进去？"说完又开始敲门。格里高尔答道："等一下。"左侧的房间霎时安静下来，气氛十分窘迫。右侧的房间里又传来了妹妹抽抽噎噎的哭泣声。

通过母亲和法律代表的对话，我们看到格里高尔本来就是一个工作狂。但这还不够，他连“生病”的权利也没有。法律代表冷冰冰的质疑体现出在一切价值以利益衡量的商业时代，人不过是机械生产中的一个零部件的悲剧。

当可怜的格里高尔用尽全身力气，终于用嘴打开了门锁后，迎接他的不是家人的关怀，而是母亲昏厥过去的受惊，父亲如临大敌的敌意。而法律代表不告而别意味着格里高尔将失去铁饭碗，这又成了整个家庭悲剧的开端。

你看，小说不需要不断加入外部冲突刺激情节，推翻多米诺骨牌只需要一次。人虫大变形的天才想象本身就包含了小说全部的矛盾张力。

后面的情节顺着这个困境往下走，指向了一家人如何消化这个突如其来的灾难。父亲粗暴地将他逐回卧室，他因此一只腿被门夹伤。一开始，母亲还会为他哭泣，善良的妹妹为他端来了美食。但很快，他们发现，格里高尔只吃垃圾，而且只要格里高尔出现在家人的视线里，就会引发恐慌和混乱。

家里的经济条件也每况愈下，父母不得不辞退女佣，父亲重新开始理财，就连十七岁的妹妹也被迫放弃拉小提琴的梦想，做售货员补贴家用。家里住进了租客，格里高尔卧室里的家具被一件件搬走，他成了锁在房间里见不得光的“秘密”。

就这样，矛盾高潮来了。在变形后第一次听到妹妹的小提琴声，陶醉在音乐和回忆中的格里高尔忘记了自己是丑陋的甲壳虫的事实，从卧室爬了出去。

眼下，他的信念无比坚定，一定要爬到妹妹身边去，扯住她的裙裾央求她到自己的房间去演奏。在他的有生之年，他都不会再让妹妹从他的房间中离开。因为只有在他的房间里，妹妹的表演才能得到应有的认可。这是他首次觉得自己变成这种吓人的模样并非全无益处。他会把守住通往自己房间里的每一道门，将任何想要闯入其中的家伙拒之门外。当然，他不会强迫妹妹在他的房间里留下来，他要妹妹心甘情愿地待在那儿。他要与妹妹到长沙发上坐下来交谈，将自己要送她去音乐学院深造的决定告诉她。无论什么人要对此提出反对，他都不会改变主意。……要是变形这场巨大的灾难没有降临到他头上就好了。妹妹听到他这番话以后，一定会情不自禁地失声痛哭。从她开始做售货员以后，她就整天穿着没有领子的衣服，也不系上一条丝带，就那样将脖子暴露在空气中。不过，格里高尔便可以在她哭的时候，努力朝她的肩部靠过去，在她的脖子上印上自己的亲吻。

租客头儿忽然对父亲大叫一声："萨姆沙先生！"随即默然伸出食指指向格里高尔。这时候，格里高尔正在地面缓缓地爬行着。妹妹旋即停止了演奏。

格里高尔的悲剧在于，他始终沉浸在自己作为一个哥哥、一个儿子对家人的责任和亲情，而忘记了自己的角色/身份设定已经将他隔绝于这种关系之外。变成了"怪物"的他不但丧失了顶梁柱的功能，更成为全家人的"拖油瓶"。最讽刺的是，最后站出来抛弃他的正是这个曾经最维护他的妹妹：

妹妹终于开口说话了，在说话的时候，为了将大家的注意力都吸引过来，她还拍了一下桌子，她说："不能放任情况继续恶化下去了，亲爱的爸爸，还有亲爱的妈妈。我已经将整件事都看透了，当然，眼下你们可能还做不到我这样。我不想用哥哥的名字来称呼这只诡异的虫子。为了照顾他，我们已经倾尽全力，做出了极大的忍耐与牺牲。现在，我们必须要让它远离这个家，不管用什么方法都好，这就是我想说的重点。到了这种时候，即便我们这样做了，也是合情合理的，无人有权利责备我们半分。"

……

母亲正在咳嗽，别人跟她说什么，她完全听不清楚，所以妹妹只对父亲说道："我能想象得到，你们两个迟早会被它折磨致死，所以我们必须要让它远离这个家，不管用什么方法都好。我们每天的工作负担已经够沉重的了，回到家里还要继续遭受痛苦，谁能受得了呢，反正我是受不了了。"妹妹说到这儿，不由得放声大哭起来。她的眼泪淌到了母亲的面颊上，母亲便伸手将其擦拭掉，动作非常僵硬。

今天的父亲格外善解人意，与以往大相径庭，只听他说："孩子，我们该如何是好呢？"语气中满是怜爱之情。

……

妹妹大喊道："一定要将它撵出门去！除此之外，再没有别的法子了，爸爸。我们痛苦的根源在于我们始终相信他就是格里高尔，但是眼下你必须要放弃这种想法。他根本不可能是格里高尔。假若他是的话，他便会主动离家出走了，因为格里高尔很清楚，这只怪虫子根本不能跟我们人类相安无事地一起生活下去。他走了以后，我们的生活便可以重新步入正常的轨道，尽管哥哥从我们的生活中消失了，但是我们会一直怀念他，并对他满怀崇敬之心。可是，现在这只虫子整天窥视我们的行动，驱逐我们的租客，他的意图已经显而易见了，他就是想将我们的房子据为己有，将我们撵出去风餐露宿。爸爸，你瞧！”妹妹骤然提高了声音，“那家伙又过来了！”……

然而，格里高尔从未打算要恐吓什么人，说他要恐吓自己的妹妹更属无稽之谈。鉴于他现在的身体已是千疮百孔，在转身时依靠头部发力协助是非常有必要的，否则，将身体掉转过来对他而言简直是太难了。他在转身的过程中不断将头抬起来，接着再低下去，贴到地板上借力，支撑住自己的身体。这使得他转身的动作显得非常怪异，旁观者简直无法看出他的本意只是想掉个头返回自己的房间而已。……

格里高尔心想：“我现在转身应该没问题了吧。”随即便继续刚才的动作。由于这个动作对现在的他而言非常困难，所以他经常会暂停下来，歇息一会儿，呼呼地喘着粗气。这会儿，他不管做什么都可以随心所欲，家人们也不过来驱逐他了。总算完成了转身的动作，他马上便朝自己的房间行进起来。想不到这里离他的房间竟有这么长的一段距离，刚刚他竟能拖着病残的身躯爬过这么长的路程，简直不可思议。他并未察觉到家人们全都默不作声，没有用任何言语打扰他的行动，他只是一门心思想快些爬回去。等到爬进门以后，他才扭回头去瞧了瞧。将头部完全掉转过去是不可能的，因为他的颈部已经僵住了。不过，背后的情景还是落入了他的视线范围内。除了站起身来的妹妹，其余家人都安静地待在原地。母亲这会儿已沉沉入梦，格里高尔抓紧时间瞧了她最后一眼。

他刚刚进入自己的房间，房门就马上被关起来了，甚至还上了锁，发出很大的响声。这响声来得太突然了，将格里高尔吓了一大跳，腿脚虚软无力。妹妹就是这急性子的始作俑者。她一早就做好了准备，等格里高尔一进门，立即就跳上前去，动作异常敏捷。格里高尔完全没发觉她的行踪。这时候，她用钥匙迅速锁好门，并朝着父母大喊起来："总算把他关起来了！"

作者的笔触冷静而克制，但为什么读者在阅读小说的时候，却感到揪心和压抑？因为小说叙事呈现出人物所不知道的信息：格里高尔的内心世界。在小说中的其他人物看来，格里高尔是一只肮脏、恐怖、具有威胁力、冷酷无情的大虫子，只有读者知道格里高尔作为一个人的思想、情感，他对这个世界留有的最后一线幻想，他对家人至死都不愿放弃的责任，甚至在听到妹妹弃绝他的宣言后，他也只是默默承受，退回到自己的房间，还不舍地回头，要看妹妹最后一眼。大概在这个时刻，他已经决定赴死。

格里高尔死得悄无声息，不是他的家人，而是老女佣发现的。然而就在他断气前的最后时刻，他不是怀着对这个世界的怨恨，而是对家人深深的爱：

整体而言，他现在的身体状况还算不错。他觉得自己浑身上下都很痛，然而，这种痛楚感正在慢慢缓解的过程中，最终会消失得无影无踪。那个苹果还在他的后背上深埋着，已经腐烂了，四周出现了炎症，有一层薄薄的尘土盖在上头，但是眼下他对这已经基本无感了。他心里只是念挂着自己的家人们，对他们充满了感激之情与深深的爱。妹妹希望他能离开这里，他自己更希望如此。他静静地思考到凌晨三点钟，隐约自窗口处望见一丝晨曦，随即无意识地垂首，通过鼻子完成了最后一次呼吸。

正是这种内外对照，在格里高尔充满温情和善意的内心世界与父亲的残忍、母亲的软弱、妹妹的厌恶的对比中，读者能看到这种人与人之间本质上的孤独与隔绝：一辈子为家人而活的格里高尔却在家人眼中是不配活在世上的绊脚石。当格里高尔绝望地意识到自己的存在已经成为至亲的包袱时，他通过绝食结束了自己悲惨的生命。

小说是这样结尾的：

萨姆沙一家人下定决心，要用今天一整天的时间来漫步和歇息。这样做确实非常有必要，这段日子以来，他们实在是累坏了。一家三口在桌子旁边坐下，开始写请假条。……

跟着，一家三口一块儿从家里出发，乘坐电车朝郊野奔去。他们一家人已经接连几个月未曾集体出行了，这时候电车上只有他们三人，暖烘烘的太阳光将整个车厢都笼罩其间。车上的座椅很舒服，他们坐在上头，开始对日后的生活规划展开讨论。在此之前，他们并未详细讨论过这些，直到这时，他们才发觉情况并没有自己想象中那样差劲。他们一家三口现在都找到了很好的工作，并且各自都有着很好的发展前景。现在对他们来说，搬家是改善现状的首选。他们如今居住的房子是格里高尔挑选的，眼下他们打算从这里搬走，找一个小一点的房子，那样费用会相对少一些，不过周围的交通一定要相当方便，实用性也要强。在谈论这些话题时，格蕾特显得非常活跃。由于最近发生了这么多事，所以她的面色一直很白，可是这并没有阻挡她长成一个丰满漂亮的年轻姑娘。她的父母亲注意到了这些，不禁停止了讨论。他们彼此对视着，已然达成了一项共识：该给女儿寻觅一桩好亲事了。电车到站时，格蕾特首先起身伸伸懒腰，像是认同了父母最新萌生的美好憧憬，至少在她的父母眼中是这样的。

这大概是我读过的小说中最冰冷的结尾。这个结尾用一家三口的“暖”来映衬格里高尔一个人的“冷”。格里高尔的死对全家人来说是一种解脱，仅此而已。没有祭奠，没有哀悼，甚至没有忧伤和思念。他们像欢庆节日一样欢庆他的死亡，因为他们终于可以回到生活的“正轨”。

小说有两个细节颇具讽刺性：

“直到这时，他们才发觉情况并没有自己想象中那样差劲。他们一家三口现在都找到了很好的工作，并且各自都有着很好的发展前景。”其实变形后的格里高尔真的就是拖垮全家的负担吗？抑或是，变形前，全家人难道不也是格里高尔的负担？其实，这个故事的反面完全可以写成一个喜剧：格里高尔的变形让家人意识到对他的亏欠，一家人决定齐心协力共渡难关，当每一个人独立、成熟、承担起自己的责任后，格里高尔最后恢复正常。

当然，这么一来，批判的力度骤降，这就不是现代主义文学的开山杰作，而是好莱坞成长电影了。

第二个细节是：“他们如今居住的房子是格里高尔挑选的。”但如今，他们打算换到一个更小、更加经济适用的房子。格里高尔曾经撑起了整个家。大概除了叙事者，没有人还记得格里高尔的好。就算记得，这种“好”如今也成了一种需要摆脱的“不合时宜”。

可以说，《变形记》所有的外部冲突在小说的第一句话已经完成。余下的，都是人性的挣扎。格里高尔的变形是一面照妖镜，照出人性最荒凉的自私。

这种小说设定很深刻地影响了后世的荒诞派、魔幻现实主义小说。

比如，《树上的男爵》第一章结尾，主人公柯希莫就爬到树上去了，从此再也没有下来。

再如，《百年孤独》第一句话，就从布恩迪亚家族第六代奥雷里亚诺的视角，浓缩了马孔多百年的兴衰史。小说结尾，长猪尾巴的儿子被蚂蚁吃掉的荒诞情节，更是将“变形”的技法运用到了极致。

其实，魔幻现实主义这种荒诞的真实，在卡夫卡的诸多小说中早有征兆。请看《城堡》开篇：

> K到达时，已经入夜了。村子被厚厚的积雪覆盖着。城堡山连影子也不见，浓雾和黑暗包围着它，也没有丝毫光亮让人能约略猜出那巨大城堡的方位。K久久伫立在从大路通往村子的木桥上，举目凝视着眼前似乎是空荡荡的一片。

这根本是一个自我消解的故事。城堡似乎存在（所有人都在谈论），又似乎是空荡荡的一片。土地测量员K收到了一份神秘的招聘，千辛万苦找到这里，就是为了一个可能并不存在的城堡？还有比这更加荒诞的情节设定吗？后面如梦魇一般始终无法进入城堡的情节，其实在小说的第一句已经奠定了基础。

外部冲突将人物放置在种种选择、挑战中，促使人物做出行动。内部冲突更深刻地揭示：或许人的悲剧不尽是偶然，也是命运的必然；不完全是由时代、环境、社会造成，也可能“他人即地狱”。

怎样面对人性中的至暗时刻？怎样看待人类命运无可逃脱的宿命？这或许是现代小说留给我们不断思索的问题。

第七章　场景　空间调度的艺术

场景是人物活动的场域，情节推进的空间。传统“小说三要素”所说的“环境”关注自然环境和社会环境，是故事的宏大背景。现代小说评论所探讨的“场景”则聚焦于具体的叙述空间。

现代小说并不一定追求连贯、完整的情节，横截面的断层、多个故事的连缀、片段式的拼接，甚至意识流动中回忆、想象与现实的切换，必然涉及空间的转换。如果说情节是时间轴上的游戏，可以顺流、倒流，可以放大、缩小，那么场景就如同电影空间的调度，是整体结构的布置，也是局部空间的转换。

❧行云流水的移步换景

如果你读过沈从文的《湘行散记》，你就会发现他的散文几乎不按照时间线索推进，而是如同流水一般蜿蜒流动，流到哪里，写到哪里。沈从文的学生汪曾祺继承了这种空间性的叙事风格，并内化为不留痕迹的自然，宛如《清明上河图》一般，移步换景。

和沈从文的散文比较，其小说《边城》的时间线索会更加清晰一些，但整个小说直到最后，几乎是静态的，体现了边城这个地方与世隔绝的稳定性。当然，这种世外桃源的神话，面对外面世界的变动或许正面临即将崩塌的威胁，这是小说叙事所透露的隐忧。

《边城》一共二十一章，前三章介绍边城。小说开篇，空间由远而近，由整体到局部，如电影慢镜头一般从湘西茶峒聚焦到人物。

> 由四川过湖南去，靠东有一条官路。这官路将近湘西边境，到了一个地方名叫“茶峒”的小山城时，有一小溪，溪边有座白色小塔，塔下住了一户单独的人家。这人家只一个老人，一个女孩子，一只黄狗。

你看，这个开头从宏大的地理空间聚焦在具体故事发生的场景：山城旁的小溪，小溪边的白塔，白塔下的人家。祖父、翠翠、黄狗，一一出场。

> 小溪流下去，绕山岨流，约三里便汇入茶峒大河，人若过溪越小山走去，只一里路就到了茶峒城边。……小溪既为川、湘来往孔道，水常有涨落，限于财力不能搭桥，就安排了一只方头渡船。这渡船一次连人带马，约可以载二十位搭客过河，人数多时必反复来去。渡船头竖了一根小小竹竿，挂着一个可以活动的铁环；溪岸两端水面横牵了一段竹缆，有人过渡时，把铁环挂在竹缆上，船上人就引手攀缘那条缆索，慢慢地牵船过对岸去。船将拢岸时，管理这渡船

的，一面口中嚷着“慢点慢点”，自己霍地跃上了岸，拉着铁环，于是人货牛马全上了岸，翻过小山不见了。渡头属公家所有，过渡人本不必出钱；有人心中不安，抓了一把钱掷到船板上时，管渡船的必为一一拾起，依然塞到那人手心里去，俨然吵嘴时的认真神气：“我有了口粮，三斗米，七百钱，够了！谁要你这个！”

……

管理这渡船的，就是住在塔下的那个老人。活了七十年，从二十岁起便守在这小溪边，五十年来不知把船来去渡了若干人。年纪虽那么老了，骨头硬硬的，本来应当休息了，但天不许他休息，他仿佛便不能够同这一份生活离开。他从不思索自己职务对于本人的意义，只是静静地很忠实地在那里活下去。代替了天，使他在日头升起时，感到生活的力量；当日头落下时，又不至于思量和日头同时死去的，是那个近在他身旁的女孩子。他唯一的伙伴是一只渡船和一只黄狗，唯一的亲人便只那个女孩子。

沿着小溪，从宏观到微观，沈从文展开了对河流的描写，再由河流聚焦到渡船人，最后告诉我们，掌渡船的就是那白塔下的老人，以及和他相依为命的女孩、黄狗。

三段话，像溪流一般，绕了一圈，回到原点。但在这一圈中，我们既对老人（祖父）的朴实、勤劳、慷慨有了了解，也对这个地方的淳厚民风有了印象。而这种“日头升起”到“日头落下”的五十年渡船生活，又给人一种稳定、循环、往复的恒常感。

那条河水便是历史上知名的酉水，新名字叫作白河。白河下游到辰州与沅水汇流后，便略显浑浊，有出山泉水的意思。若溯流而上，则三丈五丈的深潭可清澈见底。深潭中为白日所映照，河底小小白石子、有花纹的玛瑙石子，全看得明明白白。水中游鱼来去，全如浮在空气里，两岸多高山，山中多可以造纸的细竹，长年作深翠颜色，逼人眼目。近水人家多在桃杏花里，春天时只需注意，凡有桃花处必有人家，凡有人家处必可沽酒。夏天则晒晾在日光下耀目的紫花布衣裤，可以作为人家所在的旗帜。秋冬来时，酉水中游如王村、岔、保靖、里耶和许多无名山村，人家房屋在悬崖上的、滨水的，无不朗然入目。黄泥的墙，乌黑的瓦，位置却永远那么妥帖，且与四周环境极其调和，使人迎面得到的印象，实在非常愉快。一个对于诗歌、图画稍有兴味的旅客，在这小河中，蜷伏于一只小船上，作三十天的旅行，必不至于感到厌烦。正因为处处若有奇迹可以发现，人的劳动的成果，自然的大胆处与精巧处，无一地无一时不使人神往倾心。

作者对白河的描写，到处是《桃花源记》和《小石潭记》的影子，达到了人与自然水乳交融的和谐。

可以说，小说有个和人物同等重要的角色，那就是边城。边城的自然风貌、民风民俗和人物的性格、命运是完全交织在一起的。

你看沈从文对人物的描写：

> 翠翠在风日里长养着，把皮肤变得黑黑的，触目为青山绿水，一对眸子清明如水晶，自然既长养她且教育她。为人天真活泼，处处俨然如一只小兽物。人又那么乖，和山头黄麂一样，从不想到残忍事情，从不发愁，从不动气。平时在渡船上遇陌生人对她有所注意时，便把光光的眼睛瞅着那陌生人，作成随时都可举步逃入深山的神气，但明白了面前的人无机心后，就又从从容容地在水边玩耍了。

翠翠是茶峒山间养育的“小兽物”，她的天真、自然、不世故、无机心，既是她的迷人之处，大概也是她性格腼腆、不善表达而错失爱情的悲剧所在。

这样的性格，如同慷慨善良却好心办坏事的祖父、愿赌服输中途退出却不幸出事的天保，还有执拗于爱情但又误会祖父最终负气出走的傩送，都是这个远离都市文明的自然桃源长养而成。而整个边城的空间叙事，又反过来暗示了这种恒常终将被打破的悲剧。

> 两省接壤处，十余年来主持地方军事的，知道注重在安辑保守，处置还得法，并无特别变故发生。水陆商务既不至于受战争停顿，也不至于为土匪影响，一切莫不极有秩序，人民也莫不安分乐生。这些人，除了家中死了牛，翻了船，或发生别的死亡大变，为一种不幸所绊倒，觉得十分伤心外，中国其他地方正在如何不幸挣扎中的情形，似乎就还不曾为这边城人民所感到。

边城所在一年中最热闹的日子，是端午、中秋和过年。三个节日过去三五十年前，如何兴奋了这地方人，直到现在，还毫无什么变化，仍旧是那地方居民最有意义的几个日子。

我们将第三章开头这段对边城外部世界的补叙，和第二章对白河人家的描写对比阅读会发现，边城是作者建构出来的桃花源。这样一个天人合一、宁静不变的小城，正处在硝烟四起、动荡变革的大时代中。这里的人民过着毫无变化、安分乐生的生活，但外面的世界却是生离死别的大变。

小说余下的情节，正是围绕着三个端午节、两个中秋节，翠翠与傩送和天保两条情感线展开。小说结尾，当傩送下桃源后，祖父在一个雷雨交加的夜晚辞世，泊在崖下的渡船不见了，屋后的白塔也不见了。翠翠在杨马兵的讲述下，明白了祖父所不曾提到的所有事情，明白了懵懂的爱情，明白了自己的命运，一夜间长大。

小说结尾写道：

到了冬天，那个圮坍了的白塔，又重新修好了。那个在月下唱歌，使翠翠在睡梦里为歌声把灵魂轻轻浮起的年轻人，还不曾回到茶峒来。

这个人也许永远不回来了，也许明天回来！

坍塌的白塔修好，月下歌唱的二老却还不曾回来。翠翠留在边城，选择了不变（茶峒的世界）；傩送离开边城，选择了变（外面的世界）。于是翠翠的等待成了世间最残忍的等待：没有结局的结局。这正是这个小说最让人唏嘘的地方。

如果说沈从文的《边城》把空间静态化，那么汪曾祺的《受戒》则写了一个流动的故事。

《受戒》写的是出家四年的明海受戒后被邻家女孩小英子大胆表白的故事。整个故事没有清晰的时间线，除了开篇第一句“明海出家已经四年了”外，并没有具体的时间标识。小说从空间展开叙事，引出庵赵庄的荸荠庵，回溯明海为何出家，完全是地理志、风物鉴式的介绍。由舅舅带明海去庙里开始，作者写了一路风光：

> 过了一个湖。好大一个湖！穿过一个县城。县城真热闹……到了一个河边，有一只船在等他们。船上有一个五十来岁的瘦长瘦长的大伯，船头蹲着一个跟明子差不多大的女孩子，在剥一个莲蓬吃。明子和舅舅坐到舱里，船就开了。明子听见有人跟他说话，是那个女孩子。

你看，叙事完全是跟随着明海的视角往前流动。随行随写，移步换景。直到重要人物（小英子）登场，场景描写暂停，人物对话开始。

> “是你要到荸荠庵当和尚吗？”
>
> 明子点点头。

“当和尚要烧戒疤呕！你不怕？”

明子不知道怎么回答，就含含糊糊地摇了摇头。

“你叫什么？”

“明海。”

“在家的时候？”

“叫明子。”

“明子！我叫小英子！我们是邻居。我家挨着荸荠庵。——给你！”

小英子把吃剩的半个莲蓬扔给明海，小明子就剥开莲蓬壳，一颗一颗吃起来。大伯一桨一桨地划着，只听见船桨拨水的声音：“哗——许！哗——许！”

人物对话完结，空间流动继续。

摄影镜头跟随着明海的脚踪，从荸荠庵穿堂入室，从场景到人物，拍摄了仁山、仁海、仁渡三位师父的生活，再由他们的生活蔓延开去，写到邻居小英子一家、明海与小英子的日常。整个故事走到哪里写到哪里，完全是通过人物在空间的移动来展开对周围环境、风俗、人事的观察和描写。人物不是小说的核心，人物活动的空间才是小说的主体。所以汪曾祺的这篇小说被称为“风俗画小说”。

小说高潮部分在庵赵庄到县城之间的芦苇荡里发生。

明海与小英子的爱情高潮就在这一去一回。

明海从庵赵庄的荸荠庵去县城的善因寺受戒，小英子在船上问明海为什么划得那么快，两个人展开关于受戒的讨论。小英子跟随明海到了善因寺，镜头由明子转为小英子的视角，观察善因寺：

> 好大一座庙！庙门的门坎比小英子的肐膝都高。迎门矗着两块大牌，一边一块，一块写着斗大两个大字："放戒"，一块是："禁止喧哗"。这庙里果然是气象庄严，到了这里谁也不敢大声咳嗽。明海自去报名办事，小英子就到处看看。
>
> ……等把事情办齐，晌午了。她又到庙里看了看，和尚正在吃粥。好大一个"膳堂"，坐得下八百个和尚。吃粥也有这样多讲究……
>
> 她看见明子也坐在里面，想跟他打个招呼又不好打。想了想，管他禁止不禁止喧哗，就大声喊了一句："我走啦！"她看见明子目不斜视地微微点了点头，就不管很多人都朝自己看，大摇大摆地走了。
>
> 第四天一大清早小英子就去看明子。……
>
> 她一看，和尚真在那里"散戒"，在城墙根底下的荒地里。
>
> 一个一个，穿了新海青，光光的头皮上都有十二个黑点子。——这黑疤掉了，才会露出白白的、圆圆的"戒疤"。

因为是从小英子的视角观看，孩童视角下的和尚生活显得陌生而有趣。小英子的大声喧哗显出了了无心机的坦荡，对戒疤的细致观察为下面的对话埋下伏笔。

和尚都笑嘻嘻的，好像很高兴。她一眼就看见了明子。隔着一条护城河，就喊他：

“明子！”

“小英子！”

“你受了戒啦？”

“受了。”

“疼吗？”

“疼。”

“现在还疼吗？”

“现在疼过去了。”

“你哪天回去？”

“后天。”

“上午？下午？”

“下午。”

“我来接你！”

“好！”

……

小英子把明海接上船。

看看这转场，多么干净利索。小英子参观善因寺，在一群受戒的和尚中认出了明子，隔着人潮与明子约定接船的时间，踏上回去的归途。

他们一人一把桨。小英子在中舱，明子扳艄，在船尾。

她一路问了明子很多话，好像一年没有看见了。

她问，烧戒疤的时候，有人哭吗？喊吗？

明子说，没有人哭，只是不住地念佛。有个山东和尚骂人：

“俺日你奶奶！俺不烧了！”

她问善因寺的方丈石桥是相貌和声音都很出众吗？

“是的。”

“说他的方丈比小姐的绣房还讲究？”

“讲究。什么东西都是绣花的。”

“他屋里很香？”

“很香。他烧的是伽楠香，贵得很。”

“听说他会作诗，会画画，会写字？”

“会。庙里走廊两头的砖额上，都刻着他写的大字。”

“他是有个小老婆吗？”

“有一个。”

“才十九岁？”

“听说。”

“好看吗？”

“都说好看。”

“你没看见？”

“我怎么会看见？我关在庙里。”

明子告诉她，善因寺一个老和尚告诉他，寺里有意选他当沙弥尾，不过还没有定，要等主事的和尚商议。

“什么叫‘沙弥尾’？”

“放一堂戒，要选出一个沙弥头，一个沙弥尾。沙弥头要老成，要会念很多经。沙弥尾要年轻，聪明，相貌好。”

“当了沙弥尾跟别的和尚有什么不同？”

“沙弥头，沙弥尾，将来都能当方丈。现在的方丈退居了，就当。石桥原来就是沙弥尾。”

“你当沙弥尾吗？”

“还不一定哪。”

“你当方丈，管善因寺？管这么大一个庙？！”

“还早呐！”

划了一气，小英子说：“你不要当方丈！”

“好，不当。”

“你也不要当沙弥尾！”

“好，不当。”

又划了一气，看见那一片芦花荡子了。

小英子忽然把桨放下，走到船尾，趴在明子的耳朵旁边，小声地说：

“我给你当老婆，你要不要？”

明子眼睛鼓得大大的。

“你说话呀！”

明子说：“嗯。”

“什么叫‘嗯’呀！要不要，要不要？”

明子大声地说：“要！”

“你喊什么！”

明子小小声说：“要——！”

"快点划！"

英子跳到中舱，两只桨飞快地划起来，划进了芦花荡。芦花才吐新穗。紫灰色的芦穗，发着银光，软软的，滑溜溜的，像一串丝线。有的地方结了蒲棒，通红的，像一枝一枝小蜡烛。青浮萍，紫浮萍。长脚蚊子，水蜘蛛。野菱角开着四瓣的小白花。惊起一只青桩（一种水鸟），擦着芦穗，扑鲁鲁鲁飞远了。

归途，小英子成功把明海"策反"。人物对话大胆、简单、直白，让人会心一笑。你不会感到离经叛道的轰轰烈烈，一切是那么自然、轻松。当然，最有趣的是那一丛芦苇荡。

早在明子受戒之前，小说就在这片芦苇荡埋下过一笔：

从庵赵庄到县城，当中要经过一片很大的芦花荡子。芦苇长得密密的，当中一条水路，四边不见人。划到这里，明子总是无端端地觉得心里很紧张，他就使劲地划桨。

小英子喊起来：

"明子！明子！你怎么啦？你发疯啦？为什么划得这么快？"

为什么明子划过芦苇荡总是无端地觉得紧张？

这一段承接的情节是，明子和小英子一同挖荸荠，小英子"故意用自己的光脚踩明子的脚"，明子被搅得"心里痒痒的"。汪曾祺用这么一个隐晦的环境描写暗示人物朦胧的情窦初开，含蓄隽永。

从“为什么划得这么快”的疑问，到“快点划”的命令，人物完成了从暗生情愫到大胆表白的爱情过程，一片芦苇荡，象征了还俗的小和尚回归自然天真的人性本能。

汪曾祺说这个小说源于一个旧梦。

和《边城》一样，庵赵庄也是一个封闭的空间。在这个封闭的空间，故事又自然地流淌于各处。整个小说正是在这样如歌的行板一样不徐不缓的节奏中流动，随着人物的视点向我们呈现整个地理空间的各样风物民俗，人物充满好奇、天真、童趣的心理视点又赋予这种地方志式的场景描写以抒情、诗意和趣味。

❧平行线也有交集

喜欢电影的朋友应该看过王家卫的《花样年华》吧？这部电影的灵感来源于香港作家刘以鬯[①]的小说《对倒》。刘以鬯的小说灵感又来源于一枚一正一负双联邮票。

所谓的“对倒”就是指这种平行、对称的结构。

《对倒》有两个版本，刘以鬯先写了长篇，又压缩为短篇。小说总共四十二节，分节交错叙述了男主角淳于白和女主角亚杏一天之中的生活轨迹。这个故事不是依照线性的因果关系或是时间的先后顺序一环扣一环地链锁式展开，而是分成两条主线，在

① 刘以鬯（1918—2018）：香港作家、报刊主编。代表作《酒徒》《对倒》《打错了》等，2014年获香港艺术发展终身成就奖。

同一时间点并置两个人在不同空间的生活。

如果看过几米的漫画《向左走，向右走》，你大概对这种双线结构并不陌生。但在刘以鬯的时代，这个尝试算很先锋了。

小说前三分之二，两条平行线看似并无交集。直到小说快结束处，两个人终于在空间上重合：在电影院并排而坐。然而电影结束，他们又回到了各自日常生活的轨道。

我们可以梳理一下两个人这一天的行踪：

> 淳于白：乘巴士（海底隧道—弥敦道—旧楼）→旺角下车（眼镜店—服装店—餐厅）→电影院看戏→乘巴士回家（旧楼—弥敦道—海底隧道）→做梦
>
> 亚杏：走出旧楼→弥敦道上闲逛（照相馆—眼镜店—服装店—金铺）→拾到照片→回家→唱片公司闲逛→电影院看戏→回家→做梦

两条线平行并列，男女主角的空间相互独立、互不干扰，看电影处交汇，然后又分开。但若仔细读文本我们会发现，双线条并非完全平行互不相关，而是相互对照，在几个节点上相交又回归各自的轨道。

相邻两节相互照应的叙述结构突出了“对倒”的主题，不仅仅是显性的一男一女，一老一少，一个沉迷于对过去的回忆，一个沉醉在对未来的幻想，一个移民一个土著的对比，更表现在处于相同场所或是对于同一事件，男女主人公不同的心理反应的对比，甚至是各自在镜中、银幕以及梦境中物与像的对倒。

我们来看几段文本。

1

一〇二号巴士进入海底隧道时，淳于白想起二十几年前的事。二十几年前，香港只有八十多万人口；现在香港的人口接近四百万。许多荒凉的地方，变成热闹的徙置区。许多旧楼，变成摩天大厦。他不能忘记二十几年前从上海搭乘飞机来到香港的情景。当他上飞机时，身上穿着厚得近似臃肿的皮袍，下机时，却见到许多香港人只穿一件白衬衫。这地方的冬天是不大冷的。即使圣诞前夕，仍有人在餐桌边吃雪糕。淳于白从北方来到香港，正是圣诞前夕。长江以北的战火越烧越旺。金圆券的狂潮使民众连气也透不转。上海受到战争的压力，在动荡中。许多人都到南方来了。有的在广州定居，有的选择香港。淳于白从未到过香港，却有意移居香港。这样做，只有一个理由：港币是一种稳定的货币。淳于白从上海来到香港时，一美元可以兑六港元；现在，只可以换到五点六二五。

2

旧楼的木梯大都已被白蚁蛀坏了，踏在上面，会发生吱吱的声响。这些木梯，早该修葺或更换了。不修葺，不更换，因为业主已将这幢战前的旧楼高价卖给正在大事扩展中的置业公司。这是姨妈告诉亚杏的。亚杏的姨妈住在这幢旧楼的三楼，已有二十多年。亚杏与姨妈的感情很好，有事无事，总会走去坐坐。现在，走下木梯时，她手里拿着一只雪梨。这雪梨是姨妈给她的。亚杏走出旧楼，正是淳于白搭乘巴士进入海底隧道的时候。

拐入横街，嗅到一股难闻的臭气。这里有个公厕，使每一个在这条街上行走的路人必须用手帕或者手掌掩住鼻孔。亚杏不喜欢这条横街，因为这条横街有公厕。每一次经过公厕旁边，总会产生这种想念：

“将来结婚，找房子，一定要有好的环境，近处绝对不能有公厕。”

3

大巴拐入弥敦道。淳于白见到一个女人。这个女人约莫四十岁，于二十年前的风度姿态完全不同。她不再是一个美丽的女人。虽然只是匆匆的一瞥，淳于白却清楚看出她的老态。她不再年轻了。她带着两个孩子在人行道上行走。如果没有在二十年前见过她的话，绝不会相信她曾经是一个美丽的女人。她有好几个名字。二十年前淳于白在一家小舞厅里认识她的时候，她有一个庸俗的名字，叫作“美丽”。一个美丽的女人不一定需要叫“美丽”。她并不愚蠢，却做了这样愚蠢的事。那时候，淳于白的经济情况并不好。那时候，大部分逃难到香港的人都陷于经济困境。美丽常常请淳于白到九龙饭店去吃消夜。淳于白想找工作。那时候，人浮于世的情形十分普遍。找不到工作，什么心思也没有。不再到舞厅去，不再见到美丽。他的情绪是在找到工作之后才好转的。当他情绪好转时，他走去找美丽。美丽已离开那家舞厅。两年后，在渡海小轮上见到她。她不再叫作“美丽”了。

她已嫁人。渡轮抵达港岛，分手。然后有一个相当长的时间互不知道对方的情形。当他再一次见到她时，她不但改了名，而且改了姓。淳于白是在一个朋友的派对上见到她的，她说她已离婚。那天晚上，他们玩到凌晨才离去。那天晚上，淳于白送她回家。那天晚上，淳于白睡在她家里。那天晚上，淳于白对她说，“下星期，我要到南洋去了。”过了一个星期，淳于白离开香港。这个一度将自己唤叫“美丽”的女人送他上飞机，还送了一件衣服给他。这件衣服是她自己缝的。现在，淳于白还保存着那件衣服。那衣服已经旧了，淳于白舍不得丢掉。他是常常想到这个女人的。刚才，巴士在弥敦道上驶去时，又见到这个一度名叫美丽而现在并不美丽的女人。

4

亚杏见到那只胖得像只猪的黑狗摇摇摆摆走过来，走到水果店前，跷起一条腿，将尿撒在灯柱上。她是常常见到这只黑狗的。常常见到这只黑狗排尿，常常见到这只黑狗走来走去。事实上，展现在眼前的一切都是看惯了的。即使士敏土的人行道上有一串鞋印，也记得清清楚楚。

两个人先后经过“旧楼”，淳于白看到旧楼想起了从上海初到香港避战时炒金热的紧张局势，于是对这个在高楼林立的现代摩登都市的“石屎丛林”充满怀旧的深情。而从住在旧楼里的姨妈家走出来的年轻一族亚杏却无比厌恶这栋缺乏修葺管理、毗邻公厕、弥漫臭气的破楼，向往着“中了马票之后，买三层新楼；

两层在旺角区，一层在港岛的半山区”。

可以说，淳于白和亚杏对旧楼截然相反的情感体现出香港两代人的典型心态，一个生活在过去的回忆中，一个陶醉于对未来的幻想里。

8

照相馆隔壁是玩具店。玩具店隔壁是眼镜店。眼镜店隔壁是金铺。金铺隔壁是酒楼。酒楼隔壁是士多。士多隔壁是新潮服装店。亚杏走进新潮服装店，看到一些式样古怪的新潮服装。有一件衣服上印着两颗心。有一套衣服印着太多的I LOVE YOU。亚杏对这套印着I LOVE YOU的衣服最感兴趣。“阿妈不识英文，”她想，“买回去，阿妈一定不会责怪的。这套衣服，穿在身上，说不定会引诱不相识的男人与我讲话。”截至目前为止，她还没有一个男朋友，当她走出那家新潮服装店时，心里有一种莫名其妙的感觉。说是高兴，倒也有点像惆怅。新潮服装店隔壁是石油气公司。石油气公司隔壁是金铺。金铺隔壁是金铺。金铺隔壁仍是金铺。

站在金铺的橱窗前，望眼双喜字，幻想自己结婚时的情景：那是一家港九最大的酒楼，可以摆两百多席。墙上挂着大双喜的金字幛。前边是一只红木长几。几上有一对龙凤花烛。烛的火舌不断往上舔。她与新郎坐在几前的大圆桌边。新郎很英俊，有点像柯俊雄，有点像邓光荣，有点像李小龙，有点像狄龙，有点像阿伦狄龙。

凌乱的脚步声，使她从幻想中回到现实。一个长发青年飞步而来，撞了她一下，她的身子失去平衡，只差没有跌倒。一时的气愤，使她说了一句非常难听的话语。这是一句俚俗的咒骂，出口时，那青年已无影无踪。邻近起了一阵骚乱，一若平静的湖面忽然被人投了一块大石。虽然不知道这是怎么一回事，见到警察，心情不免有点惊悸。警察将脚步搬得像旋转中的车轮，手里有枪。当警察从她面前擦过时，她的愤怒骤然变成惶悚。她的眼睛睁得很大。眼睛里充满惊诧神情。不知道什么地方传来这么一句："有人打劫金铺！"——惶悚加上震惊使心跳停了一拍。然后心跳加速，咚咚咚，像一只握成拳头的手在她的内脏乱击。周围的人都很慌张。亚杏也很慌张。亚杏有点手足无措。理智暂时失去应有的清醒，感受麻痹，想离开这出了事的现场，两条大腿却不肯依照她的意志移动。她只是呆呆地站在那里。两个男人站在距离她不过三呎的地方大声谈话。"真大胆！""只有一个人？""一把西瓜刀与一块大石头，用西瓜刀朝金铺店员晃了晃；用石头打破饰柜，就这样抢走了几万块钱首饰！""几万块钱？""有人亲眼看见的，那劫匪只抢钻石与翡翠。""真大胆！""只要有胆量，不必盼望中马票。"亚杏转过脸去一看，两个男子中间的一个手里拿着一根竹竿，上边用衫夹夹了许多马票，他是一个贩售马票的人。

9

淳于白继续朝前走去。人行道上有太多的行人，旺角的街边总会有太多的行人。有一个冒失鬼犹如舞龙灯般在人堆中乱挤，踩痛了一个女人的脚，女人惊叫，他却用手掌掩着嘴巴偷笑。

站在一家眼镜店门前，将那些古老的眼镜架当作艺术品来欣赏。“几年前，我是不戴眼镜的，”他想，“现在，不但看电影要戴眼镜，阅读书报时还要戴老花眼镜……”他的思路被两个人的谈话声打断。那是两个中年男子，一个胖，一个瘦。胖子神色紧张，说话时，眼睛睁得大大的，像桂圆。

“你知道不知道？”

“什么？”

“那边有一家金铺被匪徒打劫。”

“有没有捉到匪徒？”

“匪徒抢了一批首饰，从人堆中逃走了。”“金铺损失多少？”“据说损失了几万块钱首饰。”“有人受伤吗？”“好像没有。”“香港的治安实在太坏了。”胖子长叹一声，瘦子也长叹一声。胖子说“再会”，瘦子也说“再会”。胖子朝南走去，瘦子朝北走去。淳于白朝前走去，见到一只黑狗。这只黑狗胖得像猪，摇摇摆摆走过来，走到巴士站旁边，跷起一条腿，将尿排在银色栏杆上。一个妇人的皮鞋被尿淋到了，板着脸孔厉声赶走它。淳于白目击这一幕，不自觉地露了笑容。他想起一只名叫“玛丽”的狮子狗与一只名叫“来兴”的狮子狗。当他还在中学读书的时候，他家里养过一对狮子狗。后来，玛丽死了。来兴也死了，他的家里却有了五只狮子狗。他离开上海时，五只狮子狗还围在他的身边狂吠乱跳。……他走到一家服装店门前。

亚杏和淳于白一前一后，都经过了旺角。一个亲历金店抢劫，一个听说了金店抢劫，在同一个空间相遇，却只是相遇不相识。想想看，我们的生活中，每时每刻不都在经历着这种同一时空下的擦肩而过吗？对陌生的两个人而言，相见=不见。这大概让人想到一个流行的说法：最远的距离，不是物理空间的距离，而是近在咫尺却远在天涯的心理距离。

更有意思的是，小说中的两个人似乎都游离于繁忙的都市生活之外，无所事事地观看着都市的喧闹与躁动。

“照相馆隔壁是玩具店。玩具店隔壁是眼镜店。眼镜店隔壁是金铺。金铺隔壁是酒楼。酒楼隔壁是士多。士多隔壁是新潮服装店。”

“新潮服装店隔壁是石油气公司。石油气公司隔壁是金铺。金铺隔壁是金铺。金铺隔壁仍是金铺。”

重复的句式给人平淡无奇的无聊感。

对于在街角撒尿的黑狗，亚杏是“常常见到”（这个词一连用了三遍），一切都是“看惯了的”不以为然；淳于白却想起了上海家中曾经养过的两条狮子狗，但也仅仅止于记忆，离开上海，狗的命运以及那里的人和事一起成了不可知的事物。

这些看起来无关紧要而琐屑无意的细节都似乎力图营造一种轻松、诙谐的气氛，恰恰与眼前发生的抢劫金铺事件和香港街头匆忙景象形成一松一紧的张弛对比，暗示着一种超出现场的围观。主人公在场却又时刻逃离现场，进入记忆和幻想中。

淳于白活在回忆中，怀念的是旧上海的情调。亚杏做着白日梦，幻想交到像柯俊雄一样年轻英俊的男朋友，看时装店的婚纱想象自己的模样。两个人都在逃避“现在”，浮游于非现实的世界。

这种物理空间的对峙与心理空间的对比，形成了小说看似平行却内在对应的复杂关系。

平行线的交集是看电影。

这本应是小说的高潮，却写得很淡：

24

她与淳于白并排而坐。

25

淳于白转过脸来望望她。

亚杏也转过脸去望望他。

淳于白想：“长得不算难看，有点像我中学里的一个女同学。那女同学姓俞，名字我已忘记。”

亚杏想：“原来是一个老头子，毫无意思。如果是一个像柯俊雄那样的男人坐在旁边，就好了。”

银幕上映出预告片，一个体态美丽的女人，赤裸着身子在卧室里走来走去。然后是衣柜的长镜。长镜里是一只床的映像。床上有一对男女。然后是一块不透明的玻璃。玻璃里边是浴室，一个女人站在花洒下面洗澡。然后是字幕：“划时代巨构”，“切勿错过”，“奉谕儿童不宜观看”，“下期在本院隆重献映”。然后又是广告。当一种威士忌的广告出现在银幕上的时候，院子里顿时嘈杂起来。这种嘈杂使淳于白与亚杏同时意识到刚才的预告片曾经使全院子的观众屏息凝神。

现在，银幕上再出现广告时，大家的情绪才由紧张转为松弛。

淳于白想："既然儿童不宜观看，怎么可以在这部片子之前放映这种预告片？这部片子并不禁止儿童观看，但是，许多儿童看了刚才那段预告片。"

亚杏想："这只老色狼刚才看预告时，头也没有动过；现在，又转过脸来看我了，真讨厌！"

26

银幕上出现女主角与男主角结婚的情景。亚杏神往在剧情中，陷于忘我的境界。虽然视线并没有给什么东西搅模糊，她却见到银幕上的女主角变成她自己了。她很美。她与男主角并排站在牧师的前面。牧师手里拿着一本圣经，叽里咕噜读了一大段。亚杏听不懂他在读些什么。即使不将注意力集中在自己身上那袭新娘礼服上，也听不懂。那袭新娘礼服，与刚才在服装店的橱窗里看到的完全一样。木头公仔穿的那袭新娘礼服用白纱缝成，薄若蝉翼。她认为：就算是最丑陋的女人穿上这种礼服，也会美得像天仙。何况，她长得一点也不丑。穿上这种衣服，当然有资格与这部电影的男主角结婚，她觉得银幕上的自己很美。尤其是换戒指的时候，羞答答的，非常可爱。

27

银幕上出现女主角与男主角结婚的情景。淳于白想起自己结婚时的情景，礼堂是长方形的。墙壁上挂满喜幛。几十桌酒席。每一桌酒席边坐着穿得整整齐齐的亲友。气氛很热烈。每一个人都相信这是一件快乐的事情。淳于白相信这是快乐生活的开始，新娘也相信这是快乐生活的开始。所有的亲友都相信幸福与快乐的种子已播下。所有的婚礼都是这样的。现在，当他见到男女主角在银幕上表演结婚时，忍不住笑了起来。这原是一件可笑的事。当银幕上的一对新人喜气洋洋地奔出教堂时，他笑出声来。

28

他的笑声使亚杏从一个梦样的境界中回到现实。银幕上的女主角已不是她了。她转过脸去用憎恶的目光注视淳于白。“简直是一只老色狼，”她想，“见到人家结婚，就笑成这个样子。这场结婚戏，一定使他转到了许多龌龊的念头，要不然，怎会发笑？只有色狼才会这样。”

29

银幕上映出“完”字时，亚杏站起身，随着人群走出戏院。

30

随着人群走出戏院，淳于白在亚杏后边。

31

走出戏院，亚杏朝南走去。

32

淳于白朝北走去。……

这个高潮事实上什么也没有发生。

淳于白与亚杏并肩而坐，男女主角的双线终于交汇，然而，两个人连一句对话也没有。如果说有那么一丝小小的波澜，那也只是淳于白再次陷入记忆，因为与中学同学长得相像而对亚杏有的一点亲切感。但对亚杏而言，淳于白不过是个讨厌的老头，甚至是龌龊的色狼。年轻女性对中年男子的鄙视、偏见、厌恶显而易见。

活在记忆里的淳于白亲历过婚姻，审视着电影里的所有人对“幸福”的“相信”，感到可笑。这是一种过来人对人生如梦、沧海桑田的自嘲。没有进入婚姻的亚杏活在对爱情的想象中，幻想着自己是电影女主角，把淳于白的“笑”误解为肤浅的肉体欲望的投影。两个人的对视是不对等的，两代人的理解是不可能的。最后，他们分道扬镳，回到各自的生活。

但最妙的不是这个交锋，而是收尾。

37

吃过饭，亚杏扭开电视机。荧光幕显出映像时，那是一部国语电影。

不知道上半部的情节，当然不会对这部电影发生兴趣。

那部国语电影的男主角很英俊。亚杏见到英俊的男人就高兴。

38

吃过晚饭，回家。看荧光幕上的国语长片时，淳于白睡着了。

他梦见自己坐在一个很优美的环境里：有树，树上盛开着花朵，花很香。香气使这个俊美的环境益具神秘感。淳于白不知道这是什么所在，只觉得它有点像公园。他坐在长凳上，亚杏也坐在长凳上。他们并排而坐，好像在电影院里看电影。

39

看完国语长片，上床。亚杏做了一场梦，梦见自己在一间没有墙壁的卧房里。这卧房的家具非常现代化，除了梳妆台、衣柜与沙发外，还有一只大床。所有的家具都是粉红色的。她与一个长得很英俊的男人躺在床上。她身上没有穿衣服。那英俊男子身上也没有穿衣服。这种情形，与那帧照片中的男女十分相似。那帧照片是她从路旁拾到的。那帧照片给她的印象很深。

40

在优美的梦境中，淳于白与亚杏坐的长凳忽然变成床了，周围的树没有变。树上有花，花很香。淳于白嗅到的香味，可能是从亚杏身上发散出来的。亚杏刚才还穿衣服，此刻则赤裸身子，没有一样东西比少女的胴体更具诱惑力。淳于白变得很年轻，思想、感受、活力都是属于二十岁的。二十岁的淳于白常做这种事情。现在，他在梦中变成一个年轻人。

41

这是一种新的刺激，即使在梦中，她也能清晰感到这种刺激，她甚至感到了对方身体上的微暖。对于亚杏，这是前所未有的。她用热诚去接受这种前所未有的刺激。她的内心中好像有火球在燃烧。

42

淳于白从梦境中回到现实，天已亮，伸个懒腰，站起，走去窗边呼吸新鲜空气，初阳已击退黑暗。窗外有晾衫架，一只麻雀从远处飞来，站在晾衫架上。稍过片刻，另一只麻雀从远处飞来，站在晾衫架上。它看它，它看它。然后两只麻雀同时飞起，一只向东，一只向西。

以梦中的相遇作结，不仅在结构上点明了“对倒”的主题，前后照应，形成完美的回环对应，更有另一层深意。

在整个故事里，淳于白和亚杏的正面交集总共就两次，一次在电影院里，一次在淳于白的梦境里。讽刺的是，现实生活中两个人没有说过一句话，都只是戴着各自的有色眼镜看对方。电影院的对视并没能“对”上。

只有在梦里，淳于白与亚杏终于有了亲密接触。

淳于白在梦中梦见和亚杏在一起。但之所以梦见亚杏，可能不过是因为她的长相唤起了他对高中同学的回忆。亚杏并没有梦到淳于白。按照弗洛伊德精神分析法，梦境是对被压抑的潜意识的满足和实现。对淳于白抱有厌恶偏见的亚杏当然不可能梦见淳于白。

由此看来，无论是在现实还是梦境中相遇，一正一反的“对倒”不是双向的，不过是一个中年男人单向的性幻想而已。

荒凉的是，就像那两只东南飞的麻雀，“一只向东，一只向西”，两个人似乎可能发生什么，又什么也没发生。

这种“亲密的陌生人”是现代都市文学的常见主题。都市人被压缩在高度密集的空间，人与人之间的物理距离缩短，但心理距离却无限拉长。就像诗人黄灿然《在地铁里》写的那样，在看与被看中，一个只是“一团愚蠢”，一个只是“一个闷棍”“一团障碍”，互相了解几乎是不可能的。

如果说《对倒》的平行线是两个人物在物理空间的并置，那么还有一种平行线是现实与想象的拼贴。

满族“格格作家”叶广芩的小说《采桑子》中有一个关于北京城市布局和古建历史的小说《不知何事萦怀抱》，假借风水堪舆世家背景的古建专家廖世基之口，讲述了许多关于北京选址、定都和城市规划的旧闻故事。

廖老先生先从“给北京定方位”说起，自豪地向金家四格格“科普”廖家祖先如何用古代的指南针“水鸭子”给京城确定了从前门到鼓楼这条中轴线，又如数家珍地道出清代皇帝的先祖孝庄皇后和皇叔多尔衮的墓穴东陵中的风水玄机，甚至还用他神秘玄奥的风水星象学说“算出”了金家祸端——戏楼的藻井，救了金家高祖一命。然而，在1958年改造旧城运动中，虽然他极力反对拆除城墙，但终究挡不住“现代化”的滚滚车轮，眼看着这些被时代淘汰的城楼、城墙和贵族府邸被推倒掀去，建成科技化、自动化和现代化的摩天高楼。

小说结尾处，叶广芩设计了一个十分悲凉的场景：身患老年痴呆的廖世基迷路了，恰巧被“我”撞见。在一个风雨交加的傍晚，他一个人伫立在东直门立交桥下，“观看”风雨中已经被拆除的不存在的东直门城楼。小说无不深情地这样写道：

> 广告的背后是无尽的高楼和凄凄的雨，我无法安置廖先生记忆中的那座城楼，不禁有些气馁。廖先生则无限赞叹地说，多壮观的城楼啊！这是明朝建北京的第一个城楼，是样城哪！我随口说道，就是一个普通的城楼罢了，这样的城楼

其他城市还有……廖先生说，这城楼跟别的可不一样，北京八座城楼，无可替代，各有时辰，各有堂奥，各有阴阳，各有色气。城门是一城之门户，是通正气之穴，有息库之异。东直门，城门朝正东，震位属木，五季占春，五色为青，五气为风，五化为生，是座最有朝气的城楼，每天太阳一出来，首先就照到了东直门，它是北京最先承受日阳的地方，这就是中国建筑的气运。……廖先生说这话的时候，我看见他的眼里，没有立交桥，没有广告牌，没有夜色也没有雨水，只有一座城楼，一座已经在北京市民眼里消失，却依然在廖先生眼里存在着的城楼，那座城楼在晴丽的和风下，立在朝阳中。廖先生活在他的记忆里。

廖先生记忆中的北京城楼与现实的霓虹广告和无尽高楼拼贴、剪切甚至重叠在了风雨中。现实空间与想象空间的叠加表现的是人物的心理镜头。在廖先生的记忆里，北京的城楼屹立不倒。

在现代化都市的时代，记忆拼贴现实，或者说记忆填补现实，这是对皇城北京最后的挽歌，是人物对现实最后的顽固抵抗。

片片花瓣同心生

除了移步换景的流动，蒙太奇的拼接、并置，还有一种空间设计，叫花瓣式/剥橘式结构。这个名字很形象，可以望文生义，说的是各个部分相互独立，但又围绕同一个中心展开。

还是以叶广芩的《采桑子》为例。

小说结构很讲究。作者借用满族词人纳兰性德的词《采桑子·谁翻乐府凄凉曲》结构各个章节："谁翻乐府凄凉曲，风也萧萧，雨也萧萧，瘦尽灯花又一宵。不知何事萦怀抱，醒也无聊，醉也无聊，梦也何曾到谢桥。"

每一句词作为一章标题，八句词恰是八个故事，作者再添一章"曲罢一声长叹"，构成九章。这部长篇的每一章都是一个独立的故事，每一篇小说围绕金家的某一个兄妹展开一段跨越数十年的悲欢离合的恩怨故事。但九个中篇故事又是彼此联系、相互照应，如同一朵花的各个花瓣，纹理、轮廓、颜色都是自足的，却又彼此汁液相通，脉络相承，构成了一部完整的家族史。

用作者本人的话说，这部作品"由九个既相关又游离的故事，像编辫子一样，捋出了老北京的一个世家的历史及其子女的命运历程"。

《采桑子》不仅在标题结构上和清代贵族词人纳兰性德的作品形成"互文"，由纳兰词构成的每个标题，也恰恰与这个故事相呼应，要么揭示了主要人物的性格、命运，要么与故事情节的某些细节暗合，要么暗示了小说的主题和结局。

以开篇小说《谁翻乐府凄凉曲》为例。故事讲述大格格金舜锦"活在戏里"的一生。人生如戏，戏如人生，形容她最合适不过。身为皇族世家的千金，平时孤傲、不近人情的大格格虽然衣食无忧，却无法决定自己的命运。爱唱戏，会唱戏，终究只能玩票，最多能参加名媛义演，却也凭借一出《锁麟囊》惊艳四方。

受父母之命，大格格被指婚给了有钱有势但粗俗、没文化的警察局长家。对自己婚事漠不关心的大格格表面醉心于戏曲，实则是在逃避现实。最扑朔迷离的是她和琴师董戈之间说不清道不明的微妙关系。在这个故事里，唯一懂得大格格，唯一赢得大格格尊重和芳心的，是这个穷困潦倒却操得一手好琴的董戈。董戈激励大格格每天去东直门的河边吊嗓子。二人配合默契，琴声合一，小说用诗词意境铺陈、渲染了二人在戏台上精妙绝伦的演出。

然而，曲终人散，畏于流言蜚语的董戈不告而别，带走的不仅是胡琴，还有大格格的“魂魄”。从此，恍恍惚惚中嫁人的大格格对一切事情都不闻不管，被丈夫抛弃，儿子无人照料、患病夭折，她却依然保持当年与董戈练唱的习惯，每天打扮整齐，“穿了长旗袍，化了妆，到城河边去唱戏”。及至临终，大格格依然在断断续续的低声吟唱中辞世，一生嵌在了戏里。

大格格的悲剧在于她终究没有能走出大宅门，去追求自己的幸福。但她的幸运在于一生活在戏中，因为只有在戏里，她才是自由的。她可以掌控戏中的角色，每一句唱词，每一声腔调，轻重缓急的拿捏，在和琴师董戈的配合中，她找到了知己，获得了自我支配的能力。

这篇小说明写唱戏，也许“自由”才是作者欲言而未说明的主题。作者用若隐若现、扑朔迷离的笔调隐约暗示大格格与董戈的爱情，却始终未曾道明，因为这不仅是一个关于封建婚姻制度扼杀爱情的故事，更是一个探讨“自由”与“自由”之不可能的故事。

《采桑子》中金家的十四个儿女及相关亲友构成了整个家族

小说的宏大故事，而每一章又分别围绕一个主要人物，讲述在历史变迁中，或悲凉，或卑鄙，或崇高，或哀婉的八旗子弟故事。这样一种相互独立又彼此互文的“花瓣结构”构成了整个小说内部独立、整体紧凑的布局。

❧跨越的是内心的空间

其实，无论是封闭场景内对自然、风物、人情的展现，还是场景间的切换、并置、拼贴或者聚合，小说最值得深思和玩味的，还不在于这些可见的外部空间，而是隐秘于人物视点之下的心理空间。

我们来重温一下石黑一雄的《远山淡影》的整体结构。

小说有两个物理空间：英国乡下和日本长崎。

两个叙事层：因为大女儿景子自杀，小女儿妮基从伦敦来看望“我”（悦子）；“我”回忆战后在长崎与佐知子和万里子母女交往的故事。

读完小说重新梳理，我们会发现，这是一个套层故事：最外层的现在时是妮基来看望“我”的这五天。刚开始（第一章）“我”回避谈论关于景子的事，转而想起了朋友佐知子的故事。

接着叙事进入第二层：在日本长崎与佐知子的故事。

有趣的是，第二层和第一层交织在一起。回忆几次中断，插入到现在时空。从现在的时空看，“回忆”成了“我”反复做的一个“梦”。现实中，我和妮基碰到了景子的钢琴老师，对方问起景子的情况，“我”只是说她在曼彻斯特就避开了话题。妮基看出

“我”在别人面前喜欢“假装景子还活着”，“我”不愿承认。

现实层面的“我”和女儿妮基关系很融洽，“我”倾听她关于不婚但可以要孩子等先锋、开放的观念。但景子如幽灵一般萦绕在我们之间：

> 虽然我对妮基换房间的要求表现得很生气，但是我并不想难为她。因为我自己也曾对那个房间感到不安。在许多方面，那个房间是这栋房子里最好的房间，从那里看果园视野极好。但是很长时间里，它一直是景子极小心守护的私人领域，所以即使在她已经离开了六年后的今天，那里仍然笼罩着一股神秘的空气——这种感觉在景子死后更加强烈。
>
> 在她最终离开我们的前两三年，景子把自己关在那个房间里，把我们挡在她的世界之外。她很少出来，虽然有时我们都上床睡觉后我听到她在房子里走动。我猜想她在房间里看杂志，听广播。她没有朋友，也不许我们其他人进她的房间。吃饭时，我把她的盘子留在厨房里，她会下来拿，然后又把自己锁起来。我发现房间里乱糟糟的。有发霉的香水和脏衣服的味道，我偶尔瞥见里面，地上是成堆的衣服和无数的时尚杂志。我只得连哄带骗叫她把衣服拿出来洗。最后我们达成共识：每几个星期，我会在她房间门口看见一袋要洗的衣服，我把衣服洗了，拿回去。后来，大家渐渐习惯了她的做法，而当她偶尔心血来潮冒险到客厅里来时，大家就都很紧张。她每次出来无一例外地都是以争吵收场，不是和妮基吵架，就是和我丈夫吵架，最后她又回到自己的房间

里去。

我没有见过景子在曼彻斯特的房间，她死的那个房间。作为一个母亲，这么想可能有点病态，但是听到她自杀的消息时，我脑子里的第一个想法——甚至在我感到震惊之前——是：在他们发现之前她那么吊着多久了。在自己家里，我们都一连几天看不见她；在一个没有人认识她的陌生城市里，更别指望会很快被人发现。后来，验尸官说她已经死亡“好几天了”。是房东太太开的门，她以为景子没有交房租就离开了。

我发现这个画面一直出现在我的脑海里——我的女儿在房间里吊了好几天。画面的恐怖从未减弱，但是我早就不觉得这是什么病态的事了；就像人身上的伤口，久而久之你就会熟悉最痛的部分。

“在空房间里睡我至少能暖和些，”妮基说。

“妮基，你晚上要是觉得冷，把暖气打开就好了。”

“我知道。”她叹了口气。“最近我总是睡不好。我想我老做噩梦，但是醒来后就想不起来了。”

“昨天晚上我做了一个梦，”我说。

“我想可能跟这里的安静有关。我不习惯晚上这么安静。”

“我梦见了那个小女孩。昨天我们看见的那个。公园里那个。”

“我在车上就能睡着，可是我不记得怎么在安静的地方睡觉了。”妮基耸耸肩，把一些餐具扔进抽屉里。“也许在空房间里我能睡得好一点。”

我跟妮基说起这个梦，在我第一次做这个梦的时候。这也许表明我从那时起就觉得这不是一个普通的梦。我肯定从一开始就怀疑——虽然不确定是为什么——这个梦跟我们看见的那个小女孩没多大关系，而是跟我两天前想起佐知子有关。

这段从房间发散的回忆和对话透露了很多关键信息：景子的生活孤独而封闭、“我”对于不知道景子何时自杀的愧疚，以及那个与佐知子有关、时常冒出来的梦。

作者对景子为什么自杀始终没有正面交代。但“我”对此的愧疚，以及由此陷入的回忆，“我”与景子的关系，却被反复暗示、渲染。

我们再看回忆/梦境层。

佐知子和万里子的冲突体现在三个重要回合。

第一，佐知子总是把万里子一个人扔在家里，疏于照料。

第二，万里子想要回到伯父家，佐知子却一心想去美国。

第三，佐知子答应万里子把小猫留下，最后却把它淹死。

这三个冲突中，最核心、本质的冲突是，佐知子想要离开日本，到美国寻找新的生活，但万里子却更希望回到之前在伯父家稳定的生活。冲突的高潮是淹死小猫事件。

悦子（“我”）与佐知子的对话一开始充满张力，到了小猫事件的尾声，出现视点的重合。前面部分，“我”以朋友的身份，关注到万里子并不健康的精神状态，不断善意地提醒佐知子，但佐知子总是不在乎地认为自己的女儿没事。

特别是谈论去美国的一段，这种张力尤其凸显。万里子讨厌佐知子的美国情人弗兰克，佐知子明知弗兰克不可靠，但为了去美国，还是将希望寄托在他身上。

> 我说："你现在打算怎么办?"
>
> "打算怎么办?"佐知子添满茶壶，把剩下的水倒到火里。"悦子，我跟你说过很多次了，对我来说最重要的是我女儿的幸福。这是我优先考虑的。毕竟我是个母亲。我不是什么不懂得自重的年轻酒吧女郎。我是个母亲，我女儿的利益是第一位的。"
>
> "当然。"
>
> "我打算给我的伯父写信。我要告诉他我的行踪，他有权知道我现在的情况，我会都告诉他。然后他同意的话，我要跟他商量我们有没有可能回那里去。"佐知子双手拿起茶壶，轻轻地摇晃起来。"事实上，悦子，我很高兴事情变成这个样子。想象一下我女儿会多么的不习惯，突然发现自己在一个都是老外的地方，一个都是老美的地方。突然有一个老美做爸爸，想象一下她会多么不知所措。你明白我说的话吗，悦子？她这辈子已经有太多的动荡不安了，她应该找个地方安顿下来。事情变成这个样子也好。"
>
> 我嘟囔了一声表示同意。
>
> "孩子，悦子，"她接着说，"就意味着责任。你很快就会明白这点了。这就是他害怕的，谁都看得出来。他怕万里

子。这个，我不能接受，悦子。我必须先考虑我的女儿。事情变成这个样子也好。”她的手还在摇晃着茶壶。

“你一定很失望吧，”最后，我说道。

“失望？”——佐知子笑了——“悦子，你以为这种小事会让我失望吗？我在你这个年纪时也许会。可是现在不会了。过去这几年，我经历了太多的事情。不管怎样，我料到会这样。哦没错，我一点也不惊讶。我料到了。上次，在东京，也差不多是这样。他不见了，把我们的钱都花光了，三天内全都喝光了。其中很多是我的钱。你知道吗？悦子，我甚至在旅馆里当女佣。没错，当女佣。可是我不抱怨，我们钱凑得差不多了，再过几个星期我们就可以坐船去美国了。可是他把钱全喝光了。那么多个星期，我跪在地上擦地板，可是他三天内就全都喝光了。这次他又来了，和一文不值的酒吧女郎泡在酒吧里。我怎么能把我女儿的未来交到他这种人的手上？我是个母亲，我必须先考虑我的女儿。”

我们又都不说话了。佐知子把茶壶放下，盯着它。

“我希望你伯父能理解你，”我说。

她耸了耸肩。“至于我伯父，悦子，我会和他商量的。我愿意为了万里子而这么做。他要是不同意，我就再想别的办法。反正我不打算陪着一个洋酒鬼去美国。我很高兴他找了个酒吧女郎陪他喝酒，我肯定他们真是般配。可是至于我，我要做对万里子最好的事情，这就是我的决定。”

佐知子又盯着茶壶看了一会儿。然后她叹了一口气，站了起来，走向窗户，往外看。

“我们现在不去找她吗？”我说。

“不用，”佐知子边看着窗外边说。“她很快就会回来了。她想待在外面就让她待在外面吧。”

如今的我无限追悔以前对景子的态度。毕竟在这个国家，像她那个年纪的年轻女孩想离开家不是想不到的。我做成的事似乎就是让她在最后真的离开家时——事情已经过去快六年了——切断了和我的所有关系。可是我怎么也想不到她这么快就消失得无影无踪；我所能预见的是待在家里不开心的女儿会发现承受不了外面的世界。我是为了她好才一直强烈反对她的。

梦境与现实的两段时空几乎无缝衔接，造成了一种心理上强烈的暗示：佐知子不断强调为女儿考虑，其实完全是出于自己的私心。“我”为了女儿好一直强烈反对她，最后导致她离家出走，和“我”断了联系。两个母亲都以为自己为女儿好，其实都疏于去理解女儿真正想要的，并最后酿成悲剧。

但在这里，“我”的故事毕竟还是与佐知子的故事平行，虽然在空间上，它们排列在一起。真正的叙事空间重叠是在小猫事件上。

“你说过的，妈妈，”万里子说，“你不记得了吗？你说过我可以留着的。”

佐知子抬头看看她女儿，然后又看看那些小猫。“如今情况不同了，”她疲惫地说。这时，一股怒气划过她的脸，她一把扔掉那些布条。“万里子，你老想着那些畜生干吗？我们怎么可能带上它们？不行，我们只能把它们留在这里。”

“可是你说过我可以留着它们。”

佐知子看了她女儿一会儿。“你就不能考虑一下其他事情吗？”她说，声音变得很低。“你难道还小，看不出除了这些肮脏的小东西以外，还有其他更重要的事情？你得懂事一点了。你不能总是对这些东西恋恋不舍。这些只是……只是动物，你看不出来吗？你不明白这个吗，孩子？你不明白吗？”

万里子也瞪着她妈妈。……

小说中万里子没有朋友，唯一的伙伴是猫。猫对她而言，意义不只是宠物。然而母亲佐知子并不能理解女儿的需要，并且撕毁了她们之间的承诺。

她把小猫放进水里、按住。她保持这个姿势，眼睛盯着水里，双手都在水下。她穿着一件日常的夏季和服，两只袖子的袖口都碰到了水。

突然佐知子第一次转过头去看了一眼她女儿，手依旧放在水里。我本能地顺着她的视线看去，一刹那间，我们俩都回头看着万里子。小女孩站在斜坡顶上，依旧面无表情地看着。看见她母亲的脸转向她，她微微地把头转开；然后一动不动，双手背在身后。

佐知子把手从水里拿出来，看着仍旧抓在手里的小猫。

她把小猫拿得近一点，水流下她的手腕和手臂。

“还活着，”她疲倦地说。然后她转向我说：“看看这水，悦子。太脏了。”她厌恶地把湿漉漉的小猫扔回盒子里，关上盖子。“这些小东西在顽抗，”她嘟囔道，举起手腕，给我看上面的抓痕。不知怎么的，佐知子的头发也湿了；一滴水，然后又一滴从垂到她脸上的一小撮头发上流下来。

佐知子换了个姿势，把蔬菜盒子推向河边；盒子滑了下来，掉进水里。佐知子伸出手去抓住盒子，不让它漂走。河水几乎没到了铁丝网的半腰。她仍旧抓着盒子不放，最后双手把盒子一推。盒子漂进水里，冒着泡泡，沉得更下去了。佐知子站了起来，我们俩一起注视着盒子。盒子漂着，然后一股水流冲来，盒子加速往下游漂去。

这时什么东西从我眼前闪过，我猛地转头。万里子跑下河边，跑到几码远处的一块突进水里的浅滩上。她站在那里看着漂流的盒子，脸上依旧没有表情。盒子被芦苇缠住，松开了又继续前进。万里子又跑了起来。她沿着河岸跑了一段，然后又停下来，看着盒子。这时，盒子只剩一个小角露在水面上了。

“这水真脏，”佐知子说。她甩了甩手上的水，把和服两边的袖口一一拧干，然后掸掉膝盖上的泥。“我们进去吧，悦子。这里的虫子越来越让人受不了了。”

“我们不去找万里子吗？天很快就黑了。”

佐知子转过去叫她女儿的名字。万里子已经跑到五十码开外了，眼睛仍然看着河水，似乎没有听见在叫她。佐知子耸耸肩，说：“她一会儿会回来的。现在我得趁天没黑赶紧把东西收拾完。”说完爬上斜坡，朝小屋走去。

这是一个巨大的创伤时刻。佐知子当着万里子的面溺毙小猫。比这更残忍的是，当受到暴击的万里子追随猫的尸体跑出去时，佐知子不闻不问。

最终，“我”自告奋勇打着灯笼找万里子。在桥上，“我”终于找到了万里子，然而对话的人称关系出现了巨大的“破绽”：

“你在这里做什么？”我问。小女孩就在我面前，蜷缩在另一边的栏杆底下。我走上前去，好更清楚地看见灯笼底下的她。她看着她的手掌，不发一语。

“你是怎么了？”我说，“你为什么这样子坐在这里？”

灯笼周围聚集了不少虫子。我把灯笼拿到面前，放低，灯光把孩子的脸照得更亮了。过了好久，她才开口说道：“我不想走。明天我不想走。”

我叹了口气。“你会喜欢的。每个人对新事物总是有点害怕。可你会喜欢那里的。”

“我不想走。我不喜欢他。他像头猪。”

“你不能这么说话。”我生气地说。我们对视了一会儿，然后她又低头看着她的手。

“你不能这么说话。”我说，语气变缓和了。“他很喜欢你，他会像个新爸爸。一切都会变好的，我向你保证。”

孩子不作声。我又叹了口气。

“不管怎样，”我接着说，“你要是不喜欢那里，我们随时可以回来。”

这一次，她抬起头来，怀疑地看着我。

“是，我保证，”我说，“你要是不喜欢那里，我们就马上回来。可我们得试试看，看看我们喜不喜欢那里。我相信我们会喜欢的。”

作为母亲的朋友，如果说一开始的“你会喜欢的”是一种劝慰，那么“你不能这么说话”已经开始逾越了，“我向你保证”更超越了悦子的立场。至此，悦子的声音开始变成佐知子的语调、口吻、姿态。“你要是不喜欢那里，我们随时可以回来。”“你要是不喜欢那里，我们就马上回来。可我们得试试看，看看我们喜不喜欢那里。我相信我们会喜欢的。”“我”彻底变成了佐知子，叙事层的逻辑崩塌。

也就是说，当人物对话层的逻辑穿透叙事层，叙事层的伪装色剥落，读者会意识到：“我”很可能就是佐知子。反过来看，佐知子和万里子的故事，很可能其实就是“我”和景子的故事。

这是这本小说最惊人的叙事手法。

如果是这样，那么前面悦子与佐知子的对话，其实是现在时空的“我”与在过去时空的“我”之间的对话。也就是说，这个故事其实讲述的是，女儿的自杀引发“我”重新审视过去经历对她的创伤和“我”的责任。于是，当下的“我”伪装成一个第三者，潜入到对过去的回忆中，重新审视“我”与亡女之间令“我”无法直面的矛盾重重的关系。

石黑一雄的处女作《远山淡影》出手不凡。一个丧女母亲的回忆，很容易写得煽情、滥情，然而小说写得节制而自然，仿佛是别人的故事，和标题一样，一抹山色，一个幻影，表面很淡，却暗流涌动，很大程度得益于这种现实与回忆交错的时空设计。

努力压抑的情感、避而不见的问题，在拉开视角的“朋友”身份的审视下浮出地表，而正是这些不断拼凑起来的记忆构成了整个故事的轮廓。小说到最后也没有说景子为什么自杀，只给我们蛛丝马迹的线索，让我们猜测背后的真相。通过万里子的故事，我们可以看到战后日本两代人面对新与旧、变与不变、内与外艰难的选择和这种选择带来的创伤。

小说中悦子与前夫、公公的关系，公公与旧友的争执，英国丈夫对景子的成见，都能体现出这种新旧交替时期秩序崩塌与重建之痛。而这些暗流涌动的矛盾，因为现实时空与心理时空的互相映衬与遮盖，显得扑朔迷离而又欲盖弥彰。

空间转场，跳转的不仅仅是物理的空间，更是人物心理的空间。

第八章　氛围　多色调的情绪

大概只有巴尔扎克时代的人会认为风景是客观之物，小说如同摄像机一般忠实、准确地记录外部环境。现代小说中的风景，往往不是外在于人物的布景、摆设，而是融入了人物主观的抒情色彩。这种表达情绪的风景，就如同滤镜一般，呈现出一种整体的色调、情绪、风格。

❧明暗：光与影的旋律

爱尔兰现代主义文学大师詹姆斯·乔伊斯的《都柏林人》被认为是二十世纪最著名的短篇小说集。有趣的是，集子里几乎绝大多数作品并没有十分完整、跌宕起伏的故事情节，甚至也没有品性迥异、性格鲜明的人物形象，而更像是一个个生活的断面，随机、随意、随性地搭在一起。但当你读完每一个故事，都会觉得恍惚坠入了胶片电影时代，在光与暗的交织中，沉浸在一种说不出、道不明的氛围中，体会那种孤独、寂寥中的一线黯淡光亮，宛若睡意蒙眬的黄昏，一个归客在雪地间留下的一串歪歪斜斜的脚印，顷刻又消失在茫茫大地，仿佛从未来过。

这种类似印象派绘画的朦胧、冷寂、立体、虚幻的情调，多少得益于作者对风景别出心裁的描写。作为意识流大师，乔伊斯特别擅长将客观之景映射主观之情，“万物皆着我之色彩”；或者反过来说，将内在的心理感受通过外在的世界暗示出来，于是对物象的“观看”如同加了滤镜一般，呈现出丰富的内心体验、情绪感受，又好像照哈哈镜一样，放大、缩小、变形。

《都柏林人》中的很多故事发生在黄昏。这种介乎白昼与黑夜之间的暧昧微光，营造出一种寂寞、清冷又怀旧的氛围。

> 这次他毫无希望了：这已经是第三次发作。夜复一夜，我经过这座房子（时值假期），琢磨亮着的方窗；夜复一夜，我发现它那么亮着，灯光微弱而均匀。若是他死了，我想，我会看到昏暗窗帘上的烛影，因为我知道，尸体的头部一定会放着两支蜡烛。他常常对我说，“我在这世上活不了多久”，而我觉得这话只不过是随便说说而已。现在我明白了这话是真的。每天夜里，我仰望那窗户时，总是轻声对自己说“瘫痪”一词。这词我听着觉得奇怪，像是欧几里得几何学的“磬折形”，又像是《教义问答手册》里的“买卖圣职”。可是现在这词我听着却像是个邪恶的罪人的名字。这使我充满恐惧，然而又极想接近它，极想看看它致命的作用。

这是一幅笼罩着死亡阴影的暗夜风景。整个画面是一个男孩望向沉寂的空房子的一扇窗，窗中透出微弱而均匀的灯光。不知你是否会想起荷兰画家伦勃朗的作品，同样是昏暗的背景色，只有一小部分运用到亮光。

这就是整个小说集第一篇小说开头的第一段。

这篇小说叫《姐妹们》，写神父弗林之死。整个故事几乎发生在夜晚，微弱的灯光中，叙事者“我”是跟随神父学习的少年，听着大人们谈论弗林神父。老弗林瘫痪多年后中风去世，“我”作为他的学生在面对老师的死亡时应该表现得悲痛，或者至少难过。但在大人的盘问中，“我”却显得异常冷静，甚至有些冷淡得疏离。

其实当老柯特跟姑妈说，不应该让孩子去跟弗林神父那样的人谈得太多时，我愤怒地用麦片粥塞住嘴，免得喊起来。“我”对神父显然是有很深的感情，但又刻意压抑这种情绪。而老柯特话里有话地说“孩子们看见那种事情时，你知道，它就会产生某种效果”，给“我”留下了一个巨大的悬念，也引发了读者继续阅读的好奇。

整个故事笼罩在这种沉郁、压抑又暗藏秘密的氛围中。随着故事推进，我们会发现，老弗林的一生有一个重大的转折点：瘫痪。而这瘫痪又与圣职有关。

> 在昏暗的房里，我想象着又看见那瘫痪的神父阴沉灰白的脸。我忙用毯子蒙住脑袋，尽力去想圣诞节的情景。但那张灰白脸仍然盯着我。它在低声嘟囔着。我知道它要忏悔什么罪过。我感到自己灵魂出窍，飘荡到一个令人愉快的邪恶的地方。在那里，我发现那张面孔又在等着我。它开始用轻微的声音向我忏悔，但我奇怪，它为什么不停地微笑，为

什么嘴唇上那么多唾沫。随后我又想起来它已经因瘫痪而死了，于是感到自己也在无力地微笑，仿佛要赦免他买卖圣职的罪孽。

面对弗林之死，“我”感到既有些恐惧，又有些兴奋。摆脱不了的死者的魅影使“我”想到了死亡，但又感到愉快。昏暗房间中的梦，似乎在暗示着死亡是一种审判，同时也是一种解脱，让人从罪孽中获得释放。

我踮着脚尖走了进去。透过窗帘花边的隙缝，房间里映射着金色的夕晖，在这夕晖的掩映中，烛光仿佛是苍白微弱的火焰。他已被放入棺材。南妮首先跪下，姑妈和我也跟着跪在床脚边。我假装祈祷，但心不在焉，因为老太太的喃喃低语使我分心。我注意到她的裙子后面用什么东西笨拙地扣住，布鞋的后跟儿踩得歪倒在一边。我忽发奇想，老神父躺在棺材里可能正在微笑呢。

但并非如此。当我站起来走到床头时，我看见他并没有微笑。他躺在那里，庄严而雄伟，穿着整齐，好像要上祭坛似的，一双大手松松地捧着圣杯。他的面孔显得痛苦可怖，苍白而宽阔，鼻孔像两个大的黑洞，头上长着一圈稀疏的白发。房间里有一股浓重的气味——鲜花的香气。

叙事者“我”作为一个天真的孩子，并没有完全体会到死亡的哀痛，而是有些好奇地观看着葬礼的风景，不悲情、不矫情，有几分荒诞，呈现出一种冷静的疏离感。“我”观察到了黄昏时分的房间、祈祷的人们身上的细节，在这种庄严、肃穆、压抑的氛围中感到跳戏。“我”以为老弗林也会和“我”一样想笑，然而在棺材里，“我”看到的只是苍白而痛苦的脸，闻到的是沉重的死亡气味。有一个细节是整个小说的点睛之笔：神父捧着的圣杯。

神父下葬却还捧着圣杯。神父之死充满浓烈的宗教意味。

在基督教中，圣杯是圣餐礼上盛葡萄酒的杯子。圣餐礼是为了纪念耶稣受难。耶稣在最后的晚餐上，掰开饼祝谢，预示着自己的身体被撕裂；给门徒分葡萄酒，预示着自己流血牺牲。圣餐礼对基督徒而言是纪念基督钉十字架、给人新生命的重要仪式。对于有圣物崇拜的天主教徒，圣杯本身也具有某种神圣性。

葬礼上，“我”聆听着生者对弗林生平的回忆。在姐妹们的交谈中，作者一点点剥开弗林悲剧的命运。

> 伊丽莎掏出手绢，擦擦眼睛。随后，她把手绢塞进口袋里，接着凝视没生火的壁炉，默不作声，过了一会儿才说：
>
> “他总是太认真了。对他来说，当个神父，担子太重啦。而且可以说，他一生都不怎么顺利呢。”
>
> “不错，”姑妈说，“看得出他一生不得意。”
>
> 小屋子里一阵寂静。我趁这机会走到餐桌边，尝了尝我那杯雪利酒，然后又悄悄回到角落里我坐的那把椅子上。伊丽莎似乎陷入了沉思。我们不无敬意地等待她打破静寂。过了好一会儿，她才慢慢地说：
>
> “这全是因为他打碎了那只圣餐杯……那是事情的开端。

当然，人们说这不算什么，我的意思是，杯子里什么都没有。不过，尽管如此……他们还是说，是那孩子闯的祸。但是，可怜的詹姆斯却非常不安，愿上帝怜悯他吧！”

“真是那样吗?”姑妈问道，“我听到了些流言蜚语……”

伊丽莎点点头。

“那事影响了他的精神，”她说，“从此他就开始郁郁寡欢，不跟任何人说话，独自一个人到处游荡。有一天晚上，有人请他去访问一家教友，可哪儿也找不到他。他们到处寻找，连一个角落都不放过，但仍然无影无踪。于是教堂的执事提议，不妨到小教堂去试试看。这样他们便带了钥匙，打开小教堂的门。那位执事、奥鲁克神父，还有那里的另一位神父，拿着灯进去找他……你猜怎么着？他果然在里面。一个人摸黑坐在他的忏悔隔间。完全清醒，好像轻声对自己发笑。”

她蓦然打住，仿佛在倾听什么声音。我也侧耳细听。可是屋子里阒无声息。我知道，老神父静静地躺在棺材里，与我们看他时一样，带着死亡的庄重和痛苦，一只无用的圣杯放在他的胸上。

伊丽莎接着说：

“他完全醒着，却好像对自己发笑……那时，他们看见那种情形，自然会觉得他出了毛病……”

小说在弗林的姐姐与“我”姑妈的对话中戛然而止。神父的瘫痪、老柯特的暗示、圣杯圣职的秘密，在对话中浮出水面。通过人物叙述，我们可以勾勒出神父弗林的秘密：因为打碎了圣杯而一生承受着罪咎。

有趣的是，本应该是小说主角的弗林神父在这个小说中始终没有直接登场，而是间接存在于“我”的回忆和人物的谈论中。我们并不知道弗林神父对着自己发笑时，他究竟想到了什么。是忏悔获得了赦免？还是自暴自弃的自嘲？

或许这正是乔伊斯的高明之处。

事实上，当我再重读的时候，我发现了一些作者故意轻描淡写、一笔带过，却事实上前后相互照应、暗示主题的蛛丝马迹。那就是当“我”经过弗林家门口，看到讣告后，陷入了回忆：

> 我很想进去，瞧瞧他，可是鼓不起勇气敲门。我离开了，沿着街道上阳光照耀的一边，慢慢地走，一面观看店家橱窗里的戏院广告，心里觉得奇怪：自己与这天气都不像碰到丧事而悲哀，甚至发现自己有一种获得自由的感觉，仿佛他的死亡使我摆脱了什么束缚。这种轻松感使我觉得内疚。
>
> 对此，我感到奇怪，因为正如昨晚姑父所说，他曾教我懂得许多事情哩。他在罗马的爱尔兰学院读过书，所以能教我念准拉丁文读音。他讲给我听地下坟墓以及拿破仑·波拿巴的故事，还对我解释望弥撒时各种仪式的意义，教士披的各种祭服又有什么意思。有时，他为了自得其乐，故意提那些冷僻的问题刁难我，譬如问我在某种情况下该怎么办，或者这样那样的罪孽是十恶不赦呢还是可以宽恕的，抑或仅仅是缺陷而已。

这些难题使我感到，教会的某些规章制度是多么复杂，神秘莫测，而以前，我始终认为它们是非常简单的。现在我却觉得，教士对圣餐所负的职责，对忏悔必须保密的职责是那样严肃，怎么竟有人敢于担当如此重大的责任。……

我往往答不出他的问题，或答得很蠢，要不就结结巴巴。这时他便微笑着，点点头，两下或三下。他教过我望弥撒时如何对答，并且要我记住。有时他考考我，要我背诵；我就念经一般倒背如流。这时他便在沉思中微笑，点头，不时捏了大块鼻烟，轮流塞到两只鼻孔内。他微笑的时候，总是露出变黄的大牙齿，舌头伸出来，舔着下嘴唇——这个习惯在我开始跟他交往时，觉得挺不自在，后来熟悉了，也就不介意了。

这段回忆透露了两个重要信息。

一是天主教繁复的礼仪规条。作者“不经意”提到了圣餐礼，读到小说最后，我们知道，弗林正是栽在圣餐礼的圣杯上。这么重大的礼仪，怎么会有人有勇气承担，这都体现出在弗林的教导下，“我”对神职的敬重、畏惧。

二是弗林的性格。弗林并非古板、严肃、苛刻、自闭，他会在出难题中找乐子，对于学生优秀的回答也会陷入微笑。可以说，学生眼中的老师既有学问，也有人情味，但最重要的是对神职工作的认真与敬重。

于是“我”回忆中的弗林就与人们的流言中不大正常的弗林形成了对比。

究竟哪个版本更接近真实的人物呢？

回到小说的结尾。人们之所以认为弗林精神不正常，是因为发现他一个人躲到忏悔室里发笑。姐姐伊丽莎认为弟弟的悲剧在于“太认真”，人们认为弗林不正常也是在于此。或许，正如伊丽莎所言，人们虽然责备，但不过是一个空杯子而已，不必那么较真。但是对弗林而言，这却是需要忏悔的重大罪过。

或许乔伊斯在这里故意用了一个反讽的隐喻：完全清醒。

究竟是弗林不正常，还是人们不正常？作为天主教徒的乔伊斯，究竟是在写当时天主教信仰崩塌的危机，还是在讽刺信仰对于个人的压抑？

至少，对弗林而言，小说的描述是，他抱着圣杯，安然躺在棺材里，如同举行庄重而神圣的圣礼，全然不在意生者如何评议。在这个小说中，如同暗夜中的微光，死亡对于生者是一种压抑与恐惧，但对于死者似乎却成了救赎与成全。

❧细节：隐喻编织的情感密码

如果说《姐妹们》的情绪渲染是整体的氛围基调，那么《阿拉比》中的情绪表达则更加细致、立体。

《阿拉比》写的是少年人陷入爱情的一次突围。阿拉比是一个大型集贸市场的名字。小说的故事情节其实很简单：“我”爱上了曼根的姐姐，答应去阿拉比市场给她买点东西，但因为种种延宕，到达市场时已经闭市。这么复述好像故事索然无味，但你若是读过小说，就一定会拍案叫绝：乔伊斯实在是善于描写微妙情绪的印象派大师。

小说以场景描写开头，以场景描写结束。

先看开头：

> 北里奇蒙街的一头是死的，除了基督教兄弟会的学校放学的时候，这条街一向非常寂静。在街的尽头，有一座无人居住的两层楼房，它坐落在一块方地上，与周围的邻居隔开。街上的其他房屋，意识到里面住着体面的人家，便以棕色庄严的面孔互相凝视。

在上海译文出版社的版本中，王逢振的翻译一语双关："死"既是死寂，也是死亡。从第二段我们得知，牧师死在了这栋房子中。

> 以前我们这房子的房客是个牧师，他死在房子的后客厅里。由于长期关闭，房间里都散发出霉味，厨房后面废弃不用的房间里，满地扔着陈旧无用的废纸。我在纸堆里找到了几本包着纸皮的书，书页卷起，而且潮乎乎的：一本是瓦尔特·司各特的《修道院长》，另两本是《虔诚的圣餐接受者》和《维多克回忆录》。我最喜欢最后一本，因为它的书页是黄色的。房子后面荒芜的花园里，中央长着一棵苹果树，周围有几簇蔓延的灌木丛；在一簇灌木丛下面，我发现了已故房客留下的一个生了锈的自行车气筒。他是个仁慈宽厚的牧师；在他的遗嘱里，他把所有的钱都捐给了慈善机构，把房子里的家具留给了他妹妹。

霉味、废纸、潮乎乎、荒芜的花园、生锈的气筒，所有的意象都透着破败的死亡气息。最有意思的是“互相凝视”，街上的其他房屋与这一栋无人的空房之间，在凝视中呈现出一种难以逾越的区隔。

在这样一种阴郁的氛围中，我遇见了生命的“光”——曼根的姐姐。

> 昼短夜长的冬天到来之后，我们还没吃好晚饭就已是黄昏。我们在街上碰头时，房子都变得黑乎乎的。我们头上的天空是千变万化的紫罗兰色，路上的街灯向上擎着光线微弱的灯笼。寒气袭人，我们一直玩到浑身发热。我们的呼喊声在寂静的街上回响。我们玩的游戏使我们跑到了房后泥泞的小巷，在那里我们遭到一帮从小房子里出来的野小子们的夹击；于是我们跑到昏暗潮湿的花园后门，那里从灰坑中发出一股股臭气，然后我们又跑到阴暗而难闻的马厩，那里马夫在为马梳理，或是敲着带扣的马具发出悦耳的乐声。我们再回到街上时，从厨房窗子里射出的灯光已把这一带照亮。如果看到我叔叔正拐过墙角，我们就藏在阴影里，直到我们看见他走进家里。或者，如果曼根的姐姐出现在门前的台阶上，呼唤她弟弟回去喝茶，我们就从阴影里注视她在街上东张西望的情景。我们等着看她是待在台阶上还是转回家去，如果她不走，我们就离开阴影，无可奈何地跟着曼根的脚步走过去。她在等着我们，灯光从半开着的门里射出，她的身影清晰可见。她弟弟在听从她之前总是先逗她一番，所以我

便站在栏杆旁边看着她。她移动身体时，衣服摆来摆去，柔软的发辫左右晃动。

这个画面几乎可以和伦勃朗的《夜巡》媲美。我们来看作者对光线的处理。冬日的黄昏，背景色是黑乎乎的街市。天空有霞光，路灯有微光，我们在潮湿昏暗的花园里玩耍，整个场景是混沌的半明半暗。然后，从厨房窗户里射出明亮的灯光，曼根的姐姐出现。她在灯光中，我们在阴影里。

这个戏剧性的时刻，作者用光与影呈现出凝视爱情的画面。和舞台剧人物出场一样，曼根的姐姐占据了整个画面的高光位置，而“我”蜷缩在小角落里，注视着如同光源一般闪耀的爱情。

从此，“我”每天都要“偷窥”她的身影：

每天早晨，我都爬在前厅的地板上，注视着她家的门口。我把百叶窗放下，留不到一英寸的空隙，免得被别人看见。她出门走到台阶上时，我的心便急促地跳动。我跑到过道里，抓起书跟在她后面。我的目光一直盯着她那褐色的身影，等快到我们分开的路口时，我便加快脚步超过她。天天早晨都是如此。除了偶尔随便打个招呼，我从未跟她说过话，然而她的名字总使愚蠢的我热血沸腾。

甚至在最不适宜浪漫的地方，她的形象也陪伴着我。星期六晚上，我姑妈到市场去的时候，我不得不替她去拿些东西。我们走过灯光闪耀的大街，被醉汉和讨价还价的妇女们挤来挤去，街上熙熙攘攘，劳工们咒骂，守立在猪头肉桶旁边的店伙计尖声吆喝，街头卖唱的人用带鼻音的腔调唱着关于奥多诺万·罗萨的《大家一起来》之歌，或者唱着关于我们祖国动乱的民谣。这些声音在我心里汇成一种独特的生活感受：我想象自己捧着圣杯，在一群敌人中安然通过。在我进行自己并不理解的祈祷和赞美时，她的名字时不时地从我的嘴里脱口而出。我眼里常常充满泪水（我也说不出为什么），有时一股热流似乎从心里涌上胸膛。我很少想到将来。我不知道我究竟是否会跟她说话，如果说，我怎么向她说出我迷惘的爱慕之情呢。然而，我的身体像是一架竖琴，而她的言谈举止宛如拨动琴弦的手指。

这大概是我见过的最不寻常的爱情描写。

偷窥、跟踪、心跳加速、热血沸腾，我们都可以理解，陷入爱情的少年，单相思的热切、冲动。但乔伊斯在这里用了一个颇具宗教意味的形象，比喻爱情在“我”心中的神圣感：想象自己捧着圣杯，在一群敌人中安然通过。

显然，少年眼中的爱情不是男欢女爱的肉体之欲，也不是灵魂伴侣的精神追求，爱情成为一只超越凡俗生活（被醉汉、买卖、劳工拥挤的街市）的圣杯。少年对爱情的理解是一种近乎宗教情感的神圣、纯洁，超越日常生活的庸俗、琐碎。于是，他到故去的牧师的房间祈祷：

一天晚上，我走进牧师在里面死去的那间后客厅。那是一个漆黑的雨夜，房子里一片静寂。透过一块玻璃破了的

> 窗户，我听见密密麻麻的雨滴落到地上，不停的细雨像针一样在湿透的花坛上跳跃。远处某盏灯或者亮着灯的窗子在我下面闪烁。我庆幸自己看不清什么。我所有的感觉似乎都渴望模糊，当我觉得快要失去感觉时，我紧紧地把双手合在一起，直合得它们颤抖起来，口中反复地喃喃自语：“啊，爱情！啊，爱情！”

我们再一次看到乔伊斯对光线、声音、触感十分细腻的处理。周围一片漆黑，灯光在某处闪烁，“我”什么也看不见；雨夜细密黏稠的感觉让“我”感到所有的感觉都变得模糊，然而“我”依然渴望着爱情。在这种光/暗、看得见/看不见、听得见/听不见的对比中，我们似乎可以感觉到爱情让少年看到周围世界的黯淡、混沌、嘈杂。在爱情的高光下，其他一切事物都显得无价值、无意义。

在这样的象征、暗示的铺垫下，爱情的高潮是曼根的姐姐跟“我”谈论阿拉比：

> 她终于和我说话了。她说第一句话的时候，我慌乱不安，不知该如何回答。她问我去不去阿拉比。我记不清回答的是去还是不去。那是一个非常壮观的市场，她说她非常想去。
>
> “那你为什么不去呢？”我问。
>
> 她说话的时候，不停地转动手腕上的银镯。她不能去，她说，因为那星期修道院里将做静修。她的弟弟和另外两个男孩在抢夺帽子，只有我一个人站在栏杆旁边。她抓着一根

栏杆的尖头，把头低向我这边。从我们的门对面射出的灯光，照出她脖子的白白的曲线，照亮了她脖子上下垂的头发，并向下照亮了她在栏杆上的那只手。光线落在她衣裙的一边，照亮了她衬裙雪白的滚边，她随意站着时正好可以看见。

“你倒是真应该去，”她说。

“假如我去，”我说，“我一定给你带点东西。”

那晚以后，不论白天黑夜我都胡思乱想，我是多么地如痴如狂呀！我恨不得那几天插在中间的沉闷日子一下子过去。学校的功课使我烦躁。不论晚上在卧室里还是白天在教室里，她的形象总在我尽力阅读的书页上出现。“阿拉比”这个词的音节透过沉寂向我回响，我的心灵沉浸在静寂之中，在我身上投射出一种东方的魅力。我请求允许我星期六晚上到阿拉比市场去。姑妈大为吃惊，她希望那不是为了“共济会”的什么事。我在课堂上几乎不回答问题。我看到老师和蔼的面孔变得严厉起来；他希望我并不是开始变懒。我无法集中思想。我几乎对生活中的正经事没有一点耐心，既然它阻碍了我的欲望，我就觉得它像是儿童游戏，而且是令人讨厌的、单调的儿童游戏。

“匪女之为美，美人之贻。”因为所爱之人，阿拉比市场在少年心中成了一个庄严神圣的圣地。这一段对少年一夕之间成熟的心理描写太过精彩。因为阿拉比，日常生活在“我”看来变成了“令人讨厌的、单调的儿童游戏”。这是一种超越自己的生理年龄的心理感受，也就是说“我”虽然依然是未成年，却突然用成人的眼光审视自己，感到一种幼稚、烦躁。无论是女孩还是阿拉比，事实上，爱情成了一种让人具有超越性力量的东西。

但是好事多磨。到了星期六，虽然“我”一早就跟姑父报备，姑父还是忘了这事。

> 我回家吃晚饭时，姑父还没回来。其实时间还早。我坐下盯着时钟看了一会儿，它的嘀嗒声开始使我心烦意乱时，我就离开了房间。我登上楼梯，走到楼上。楼上那些高大清冷、空敞阴郁的房间使我觉得自由，我唱着歌从一个房间走到另一个房间。从楼上的前窗，我看见我的伙伴们在下面的街上玩耍。他们的喊声传过来已经变弱，隐隐约约可以听见，我把前额贴到冰冷的玻璃上，眺望她居住的那座黑乎乎的房子。我可能在那里站了一个小时，什么都没有看见，只有在我的想象中看见了她那褐色的身影，她那被灯光照亮的弯曲的脖子，她那放在栏杆上的手和她衣裙下面的滚边。
>
> 我又回到楼下时，发现默瑟尔太太正坐在炉火旁边。她是个爱饶舌的老太太，一个典当经纪人的遗孀，有收集旧邮票的嗜好。我不得不忍受她在茶桌边的唠叨。晚饭拖延了一个多小时，可姑父仍未回来。默瑟尔太太站起身要走：她抱歉不能再等下去，但已过了八点，她不愿在外面待得太晚，因为夜晚的天气对她不宜。她走了以后，我开始攥紧拳头在屋里踱来踱去。我姑妈说道：
>
> “天哪，我恐怕你今晚去不成阿拉比市场了。”

九点钟的时候，我听见姑父用钥匙开过道的前门。我听见他自言自语，还听见他挂大衣时衣帽架晃动的声音。我知道这些声音意味着什么。当他晚饭吃到一半时，我向他要钱去市场。他已经把这事给忘了。

“人们已经上床，现在都睡过头觉了。”他说。

我没有笑。姑妈有力地对他说：

“你就不能给他钱让他去吗？说实话，你让他等得够晚的了。”

我姑父说他把这事给忘了，真对不起。他说他相信那句老格言：“只读书不玩耍，聪明的孩子也变傻。”他问我去什么地方，我又告诉他一遍后，他问我知不知道《阿拉伯人告别骏马》这首诗。我离开厨房时，他正要向我姑妈背诵那首诗的开头几行。

因为要去阿拉比，冷清、高大的房子不再显得压抑、空寂，而是让少年感到“自由”。就连黑乎乎的街道也在想象中被她的灯光照亮。从忐忑到踱步到没有笑容，阿拉比成为“我”全部的动力与不竭的欲望。

而在这种对阿拉比近乎朝圣般的渴望的铺垫下，“我”好不容易拿到了零花钱，赶上了火车，到达了阿拉比，却发现市场已经关闭了。

我手里攥着一枚两先令的银币，迈开大步沿白金汉街向车站走去。街上挤满了买东西的人，煤气灯照耀得如同白昼，这景象使我想起了此行的目的。我在一辆空荡荡的火车的三等车厢里找了个座位。过了好一阵令人难以忍受的延误之后，火车终于慢慢地离开了车站。它缓慢地向前爬行，越过倾圮的房屋，穿过闪亮的河流。在威斯特兰地区车站，一群人挤上了车门；但乘务员让他们退下，说这是开往市场的专列。我仍然只是一人坐在那节空荡荡的车厢里。几分钟之后，火车停靠在一个临时用木头搭成的站台旁边。我下了车，走到马路上，看见灯光照亮的一个大钟，已经差十分十点了。我前面是一座大型建筑，闪烁着迷人的名字。

我找不到任何一个六便士的入口，但又唯恐市场关门，所以便匆匆穿过一个旋转门，将一先令递给面容倦怠的看门人。我发现自己进入一间大厅，周围是一圈半墙高的货廊。差不多所有的货摊都已关闭，大厅的一半都黑乎乎的。我辨识出一种静寂，它像是做完礼拜之后弥漫在教堂里的那种静寂。我有些胆怯地走进市场的中心。有几个人聚集在一家仍在营业的货摊周围。在一块上面用彩灯拼成“音乐咖啡厅”字样的布帘前面，两个人正在往一个盘子里数钱。我听着硬币落下的声音。

那个在我想象中恢宏、华丽、闪烁着迷人的名字的市场，如今成了一片黑乎乎的静寂。光亮复归黑暗。

你看，风景的色调事实上是人物的情调。“我”在这种期待落空的强烈落差中，看到了货摊上的商品，“我”从浪漫的爱情想象中回归到现实的一地鸡毛，感到了一种无意义的失落感。

> 抬头向黑暗中凝视，我看见自己成了一个被虚荣心驱使和嘲弄的动物；于是我的双眼燃烧起痛苦和愤怒。

这个结尾和开头遥相呼应。

开头是空荡寂静的街头房屋，镜头定格在死去牧师的空宅上，用“互相凝视”的拟人手法体现出空宅与外界的隔绝、孤寂。结尾是熄了灯陷入完全黑暗的街市，我在黑夜中凝视“自己”(的内心)。

两次“凝视”相互呼应、渲染，似乎既隐晦地象征着“可望不可即”的高贵，无论是牧师体面的旧宅之于其他房屋，还是曼根姐姐之于“我”。同时，这种隔绝感又加深了整个小说主人公所感受到的孤独感，内心极度地渴望，但表现出的却是躲藏在阴影里的胆怯，试图表达又不被理解，一厢情愿的冲动，冲动的火花被搁置、压抑、浇灭，始于空寂，终于黑暗。

我看过学者张鹤老师非常精辟的分析。她从翻译的角度说，原文最后一段的“动物”原文是“creature”。“creature”这个词除了表示动物，还可以表示受造物。“虚荣心”一词原文是“vanity”，同样，这个词也是多义词。很多译本翻译为“虚荣心”，认为少年最后审视自己的内心，认为少年为了博得女孩欢心主动提出为她买东西是一种虚荣作祟。但“vanity”这个词还有虚空、虚无、无意义的意思。譬如，《圣经·传道书》的名句：“虚空的虚空，凡事都是虚空。”(Vanity of vanities! All is vanity.)如果是这个意思，那么少年感到的就和前面提到的儿童游戏一样，表达的是一种对当下处境的虚无感：“他自知继续逗留在集市上毫无意义，他的行动是没有价值的。”

如此一来，最后一句的另一种译本或许是：

“我看见自己成了一个被虚空驱使和嘲弄的被造物。”

我认为这版翻译或许更贴近文意。乔伊斯是虔诚的天主教徒，小说也充满宗教性的细节：基督教兄弟会、牧师、礼拜、祈祷、圣杯、教堂等。

以这样的思路反观，这个故事写的只是爱情吗？曼根的姐姐对“我”而言究竟意味着什么？我们不妨再重读小说三段完整的人物对话。

第一段是前面引述过的曼根的姐姐谈论阿拉比的对话。

请注意，这是男孩的回忆，因为慌乱、紧张，女孩的第一句原话已记不清。女孩表达了对阿拉比的赞美（壮观）和向往（想去）。“我”反问为什么不去，女孩说她要到“修道院静修”，继续建议“我”一定要去阿拉比。这段对话呈现出隐约的张力：女孩（雪白的衣裙、光亮的形象）及她的生活方式（修道院静修）所象征的圣洁、清净、超凡脱俗与阿拉比市场（华丽、壮观、东方神秘色彩）代表的热闹、世俗、异域情调之间的张力。

第二段是“我”焦急等待获准去阿拉比，与姑妈、姑父的交谈。明明一早说好的事，姑父却忘了。我苦苦等待，却一再延宕。终于熬到姑父回来，还要再向他解释一遍，差点还要吟咏阿拉伯题材的诗歌。对少年而言，至关重要、等待已久的大事在大人们眼中不过是无足轻重、拿来揶揄的笑料。

第三段是“我”伫立于漆黑的市场，徘徊于凋零的摊位，听到一个售货女郎与两个男子的交谈：

> “啊，我从没有说过这样的事情！”
>
> “啊，你肯定说过！”
>
> “啊，我肯定没说过！”
>
> “她真的没说过？”
>
> “说过，我听见她说的。”
>
> “啊，这简直是……胡扯！”
>
> 那位年轻女郎看见我，便走过来问我是否想买什么东西。她的口气并不像鼓励我买；似乎只是出于责任感才对我说话。那些大的瓷瓶像东方卫士似的直立在摊位黑暗入口的两边，我谦恭地望着它们，喃喃地说道：
>
> “不，谢谢。”
>
> 那年轻女郎把其中一个花瓶挪了挪，然后又走回两位男士身边。他们又谈论起同一个话题。有一两次那年轻女郎回头瞟了瞟我。
>
> 我在她的摊位前徘徊不定，仿佛我对她的货物真有兴趣，尽管我知道我在那里逗留毫无意义。然后，我慢慢地离开那里，穿过市场的中间走去。我让口袋里的一枚两便士硬币和一枚六便士硬币撞击作响。我听见从货廊的一头传来灭灯的喊声。顿时，大厅上面的部分完全黑了下来。

乍一看，对话没头没尾。女郎与男士辩白、闲扯什么呢？

“我”似乎因为突然闯入他们的对话感到羞涩、笨拙，当女郎问我是否买东西时，我拒绝了。

再看下文，作者特别写了硬币在口袋中撞击的细节。硬币的细节出现了三次，另外两次是：“攥着一枚两先令的银币”奔向去阿拉比的火车站和到了市场后发现“我找不到任何一个六便士的入口”，最后只能用掉了一先令。

我以为我揣着厚金去商场血拼，却发现刚进商场门就没钱了，更不用说女郎摊位上两尊像“东方卫士”一样高大耸立的瓷花瓶。阿拉比的繁华、市侩、壮观凸显出我的寒碜、幼稚、可笑。

如果把货摊女郎与男士的对话和曼根的姐姐与我的对话两相比对，我们甚至能读到一种暧昧的关联：最后一段对于“肯定说过”的“不肯定”，算不算是对“我”对曼根的姐姐的许诺的一种反讽或者否认？“她没说过”暗示到阿拉比买东西这件事情可能对曼根的姐姐而言其实无足轻重，是“我”太当回事。

这么读来，这个故事写的不仅仅是爱情的失落。或许，曼根的姐姐也是一个充满暗示、隐喻的象征。

她几乎是“我”全部情感的动力源，是“我”的欲望对象，同时又是支撑小说整体情节走向的核心点。

其一，就情节看，她当然首先象征着“爱情”，正如小说中“我”的喃喃自语所道。她是少年朝思暮想的爱慕对象，是少年不断凝视偷窥的欲望对象。

其二，就注释看，“曼根是爱尔兰名诗人的名字，曼根曾写过一首非常流行的诗《褐色的罗萨琳》，因此《褐色的罗萨琳》寓指爱尔兰”。乔伊斯是爱尔兰人，但他一生几乎流亡于欧洲。

祖国对他而言，正像是那位可望而不可即的曼根的姐姐，是他所渴慕、瞻仰、追念、思念的文化归属之“根”。

其三，联系小说充满的宗教符号，曼根的姐姐同时也可能隐喻着乔伊斯成年后失落的儿时单纯的信仰。

乔伊斯小时候受天主教影响很深，他对爱尔兰现代都市人信仰沦丧的生活状态持有怀疑和批判。但经历了爱尔兰民族独立运动，再加上自由主义思潮影响，他对受到大英帝国和天主教挟制的爱尔兰现状产生很深的反思。所以乔伊斯对传统信仰、文化有一种很深的依恋同时又受伤的割裂感，这在《尤利西斯》和《芬尼根的守灵夜》中都有印迹。

无论是《姐妹们》中不被人理解的弗林神父，还是《阿拉比》中废弃的亡故牧师的空屋，信仰成了一种说法，是被扔到垃圾桶里“陈旧无用的废纸”，只有“我”继承着神父那些大而无用的神学学问，如同“捧着圣杯”一样珍视着想象中的爱情。

然而正如弗林的“太认真”成为人们不能理解的悲剧，“我”的执着最终也落空。“虚空的虚空”，人终究不过是被欲望/虚空驱使的被造物，信仰落空的怅惘与痛苦，可能是乔伊斯笔下最深刻的情绪，也是所有人面对的人生困境。

❧意象：声光色味唤醒的记忆

《死者》是《都柏林人》的压轴之作，也是整个短篇集的点睛之笔。

乔伊斯在这篇小说调动声、光、色、味、触各种官觉，用这种立体、丰满的背景色调和整体氛围，而非曲折的情节，来表现人物的内心世界和整部小说的精神内涵。

如果用一个词概括整个小说的内核，那就是题目：死者。

试想，如果让你来写一个关于死者的故事，你会如何着笔？不管是自杀还是他杀，是自然死亡还是非自然死亡，你大概一定会写，死者是谁、为什么死、怎么死的。侦探悬疑小说围绕着死亡原因、凶手是谁展开探秘，情感纠葛小说围绕死者心理、生者心理展开人性探索。然而，在乔伊斯名为《死者》的这篇小说中，“死者”却根本没有正面出场。

小说三分之二的情节可以用一句话概括：加布里埃尔携妻子格莱塔参加两个姨妈家举办的每年一度的圣诞舞会。

作者繁复地描写了舞会上在加布里埃尔身边的各色人等：热情好客的凯特姨妈和茱莉娅姨妈，管风琴老师玛丽·简，男高音达西先生，爱说笑话的布朗先生，健谈的艾弗斯小姐，醉酒的马林斯等。看似杂乱、随意、没有情节的寒暄、对话、跳舞背后，始终围绕着一个重要的情节：加布里埃尔的演讲。

热热闹闹的舞会之下，加布里埃尔的内心世界暗流涌动。事实上，幽默、聪明、接受过高等教育、有绅士风度的加布里埃尔在这个夜晚遭遇了几次碰壁：

第一次是加布里埃尔刚到时，他友好地关心姨妈家年轻的女佣莉莉：

> “告诉我，莉莉，”他用友好的口气说，“你现在还上学吗？”

“噢，不了，先生，”她答，“我今年以来就没上了。”

“哦，那么，”加布里埃尔的口气变得快活起来，“近期某个好日子，我们该去参加你跟你那年轻男友的婚礼了，对不对?”

莉莉回头瞥了他一眼，怨愤地说：

“现在的男人都只会花言巧语占你便宜。”

加布里埃尔脸红了，仿佛他觉得自己做错了事情似的。他没再看莉莉，蹬掉脚上的套鞋，灵巧地用他的厚手套扑打他那双黑漆皮鞋。

莉莉的回答未必是针对加布里埃尔的，很可能是女孩受了情伤，所以把男人都骂了一遍。但加布里埃尔却感受到羞辱，他非常敏感的自尊心被伤害，以至于当他给莉莉一枚硬币作为圣诞礼物后，他在客厅外听着华尔兹舞曲，莉莉的那一句回嘴依然萦绕在他心头，让他感到心神不宁。他开始怀疑自己的演讲：

女孩子那句突然而尖刻的回话让他仍然心绪不宁。……他把袖口拉拉平，把领结整一整，试图驱散这种气氛。然后他从背心口袋里掏出一张小纸片，看了看他为自己的演讲所列的提纲。他不确定是否要引用罗伯特·勃朗宁的几行诗，只怕对听众来说太深奥了。从莎士比亚或者《歌曲集》里引用一些大家熟知的段落会更好些。男人鞋跟的磕碰声和鞋底的踢踏声听起来那么笨拙、不优雅，这都在提醒他：他们的文化层次与他不同。对他们引用他们所不能懂的诗文，只能使自己出洋相。他们会觉得他在卖弄文采，炫耀自己受的教育高人一等。他在他们面前会难堪，就像在楼下储藏室里被那个女孩顶嘴顶得很难堪一样。他把调子定错了。他的演讲从头到尾都错了，错得一塌糊涂。

加布里埃尔的内心描写体现出他与参加这场舞会其他人的疏离、隔膜甚至格格不入。加布里埃尔意识到自己在某些层面（学识）的优越性，这种优越性是因为他受过高等教育，从小说后面的情节看，尤其指他接受欧洲大陆的新潮思想，然而这种优越性却让他在一群本土爱尔兰人中感到深深的孤独。他担心别人会因为他的优越而排斥他，正如莉莉一样。

加布里埃尔的担心果然应验了。第二次的碰壁更加直接、更加剧烈，也更白热化。加布里埃尔与别着印有爱尔兰纹章胸针的大学同学艾弗斯小姐跳舞，艾弗斯突然发问：

“我有件事情要想跟您问明白。”

“跟我？”加布里埃尔说。

她严肃地点点头。

加布里埃尔见她如此严肃，微笑着问：“什么事情？”

“谁是G·C（加布里埃尔姓和名的首字母缩略）？”艾弗斯小姐盯着他问。

加布里埃尔脸红了，正皱起眉头装出他没听懂的样子，艾弗斯小姐坦率地说：

“哦，别装了！我早发现您在给《每日快报》写文章。

好了，您不觉得羞耻吗?”

“我为什么要感到羞耻呢?”加布里埃尔眨着眼睛，试图挤出一个微笑。

“我可为您感到羞耻,”艾弗斯小姐开诚布公地说,“您竟然为那样的报纸撰稿。我以前竟不知道您是个西不列颠人。”

加布里埃尔脸上露出一种迷惑的表情。的确，他每星期三为《每日快报》文学评论栏写一篇文章，人家为此付给他十五个先令酬劳。但这不能说明他就是一名亲英分子啊。比起那张数目小得可怜的支票来，他更喜欢那些送来让他评论的书。他爱抚摸新书的封面，翻翻崭新的书。差不多每天在大学教完课，他都要去沿码头一带的二手书店逛逛，……他不知道如何回应艾弗斯小姐的谴责。他想说文学是超越政治的。但他俩是多年的朋友了，职业路线也几乎平行：都受过大学教育，都在从教，他可不想在她面前说大话。他只好继续眨眼睛，努力挤出微笑，有一句没一句地嘟哝，说写写书评不算带有什么政治色彩。

同样在大学任教的艾弗斯小姐用几乎失礼的口吻指责加布里埃尔写书评，原因是他为英国的报纸写作，显示出他不够爱国。艾弗斯小姐代表着当时爱尔兰民族主义者对英国殖民、欧洲文化的反抗、肃清与排斥。虽然加布里埃尔写作的原因仅仅是因为爱好文学，但是文学真的可以超越政治吗？面对艾弗斯小姐的指控，他有口难辩。

当艾弗斯小姐追问加布里埃尔为什么不去妻子的故乡、爱尔兰本土的小岛戈尔韦旅行，而要远游法国、比利时、德国时，矛盾冲突达到高潮：

> “您难道没有自己的国家可以去看看吗?”艾弗斯小姐接着说,“您对自己的祖国又了解多少？您对自己的人民了解多少?”
>
> “哦，实话实说吧,”加布里埃尔突然开始反驳,“我厌恶我的国家，厌恶它!”
>
> “为什么?”艾弗斯小姐问。
>
> 加布里埃尔没有回答，刚刚的反驳已经让自己头脑发热了。
>
> “为什么?”艾弗斯小姐又问一次。
>
> 他俩得对舞了，他还没有回答她，艾弗斯小姐温柔地说：
>
> “当然了，您答不出来。”
>
> 加布里埃尔为了掩饰他被扰乱的情绪，就非常卖力地跳舞。……正当排成一串的人要重新散开时，她踮起脚尖，凑近他耳朵悄声说：
>
> “西不列颠人!”

加布里埃尔被逼急了，赌气说出了“厌恶”自己的国家。

加布里埃尔并非不爱国。但由于接受了欧洲大陆的文化熏陶，他对外面的世界抱有开放、积极的心态，这又与排外、守旧、封闭的爱尔兰民族主义发生冲突。正如他难以让排外、保守、坚持本土主义的艾弗斯小姐理解他国际主义者包容、开放的心态一样，他事实上也难以证明自己作为爱尔兰人对本民族的认同与忠诚。这种自我认同的分裂、焦虑、漂泊、无根的孤独感成为整个舞会加布里埃尔内心的矛盾焦点。

小说用几个颇具象征意味的细节呈现这种开放与封闭、激进与落后、前卫与保守的对比：茱莉娅姨妈竟然不知道加布里埃尔穿着欧洲大陆流行的长筒套鞋；姨妈们对加布里埃尔的母亲深感自豪，但在加布里埃尔心中却深深烙印了母亲反对他的婚姻的痛苦记忆；玛丽·简弹奏的学院派曲子其实根本没有旋律，但听众们还是央求她演奏；还有布朗先生与宾客关于新教与天主教纷争的讨论。

有趣的是，在加布里埃尔看来，艾弗斯小姐身上体现年轻一代爱尔兰本土主义者的冒失、刻薄、尖酸、无礼，恰恰折射出老一辈爱尔兰人热情、慈爱、幽默的传统，而这种传统正在日渐消失。他追问：在艾弗斯小姐“爱国主义宣传的背后，她有没有自己实实在在的生活”？

这种怀疑与追问在他的演讲中表现得淋漓尽致：

> 我一年比一年越发强烈地感到，我们没有哪一种传统，像这热情好客的传统一般，给我们国家带来那么多荣耀，值得我们留心去维护。就我个人去过的现代民族来说，爱尔兰的这一传统是独一无二的。……
>
> 我们之中新一代正在成长，他们是受到新观念和新原

则驱使的一代。这代人对这些新观念热情又认真，即使被误导，我相信，主流还是坦诚的。但是我们同样生活在一个充满怀疑的，……一个思想备受折磨的时代。有时候我担心，新一代的这些人，受过教育，甚至受过相当高的教育，可他们缺乏往昔的那种人情味、好客，还有善良、幽默的品质。……

面对以艾弗斯小姐为代表的新一代的本土主义爱尔兰人，加布里埃尔反而是缅怀传统的怀旧者。当他听过茱莉娅姨妈演唱经典老歌，听宾客们谈论起老歌剧的金嗓子后，他更深切地感受到了逝去的文明与变迁的世事。虽然在演讲的结尾处，他试图一振悲哀，“我不会让任何沉重的道德说教打扰我们今晚的时光”，但我们依旧可以真切感受到一种挽歌式的哀愁：正在老去的姨妈、正在逝去的时代，红红火火的舞会也不过是因为两位姨妈健在而勉强维系。

乔伊斯曾在一封给出版商的信中说到，他写这本小说的目的是要为祖国谱写“一部道德史”，之所以选择都柏林为背景，是因为“这个城市是瘫痪的中心”。所以他从童年、青春、中年、社会生活四个阶段展开整个小说集的陈述。

我们发现，从《姐妹们》中的儿童叙事者、《阿拉比》中的春情萌动的青少年，到《死者》中忍受着与社会环境、周围人的生存方式格格不入的疏离感的中年男子加布里埃尔，作者完成了对整个都柏林人压抑、麻木、僵化的生活方式与精神状态的书写。

可以说，加布里埃尔感到深深的孤独，也是整本小说一以贯之的母题。

虽然小说行文至此还未出现标题的“死者”，但热闹的舞会已经笼罩在一种怀旧、压抑、悲凉的氛围中，弥漫着死亡的阴影。这种氛围的营造，还得益于小说自然环境的衬托：窗外风雪大作。

“整个爱尔兰都在下雪。”“雪”的意象在小说中反复出现。

加布里埃尔一出场就是一个风雪夜归人的形象，带来了外面“寒冷幽香的空气”，他告诉莉莉，要下一整夜的雪。

加布里埃尔被艾弗斯小姐挑衅之后，看着冰冷的窗玻璃，想象外面的世界——“如果可以独自一人出去走走……白雪覆盖了树枝，威灵顿纪念碑顶上应该也积起了一顶雪帽。这些地方可比晚餐的餐桌要愉悦得多”。雪景象征的自由、轻松、洁白的世界体现人物内心对于室内空间感到压抑、沉闷、想要逃离的心理感受。

舞会结束，客人们因为大雪差点叫不到马车。玛丽·简说：“有三十年没下过这样的大雪了。我今天早上读报，上面说整个爱尔兰都在下雪。”这句话在小说结尾再次出现，前后呼应，不断点题。

室内是温暖、热闹、喷香的灯光、音乐、啤酒，室外是既阴冷、灰暗，又纯净、自由的白茫茫大雪。虽然舞会热闹非凡，但不要忘了，小说开头就告诉过我们，莫肯小姐家从石头坡的故居搬到阿舍尔岛上的这座阴暗、破败的房子，已经三十年了。破败的房子里保持惯例的舞会已经处处显出衰败的迹象。

舞会谈话中，最富有深味、堪称另一个点题之笔的一个细节是关于“棺材”的对话。

他听说那些修士从来不开口说话，凌晨两点就起床，夜里睡在自己的棺材里。布朗先生感到十分震惊。他问他们为什么这么做。

“那是修道院的规定。”凯特姨妈坚定地说。

“是，但是为什么呢?”布朗先生问。

凯特姨妈重复说，那是规定，规定就是规定。布朗先生看起来还是不明白。弗雷迪·马林斯尽可能地向他解释说，修士是在为尘世中的人犯下的罪行赎罪。这个解释也不很清楚，因为布朗先生笑着说：

“我认为这个概念是好的，但一张舒适的弹簧床难道不是和棺材一样好睡吗?”

“棺材，”玛丽·简说，“意在提醒他们那是最终的归宿。”

由于这个话题令人郁闷，桌上一时陷入了沉默。

玛丽·简的回答成为整个舞会谈话情绪的落脚点。死亡，每一个人最终的归宿。再热闹的盛宴、再美好的相聚、再动听的音乐，也终有尽时。

正如舞会上人们对爱尔兰古老音乐、传统音乐家的追念，加布里埃尔对老一代的赞誉与新一代的反思，孤独与伤逝的主题已经占据了故事的整个画面。

从古老的爱尔兰曲调、灯火通明的窗户、闪烁在枝形吊灯下的酒杯、烤得焦黄的肥鹅、金纸黄纸包着的巧克力和糖果，到白雪皑皑的公园、被白雪覆盖的威灵顿纪念碑、在灰蒙蒙的天空下燃烧的街灯，室内的暖与窗外的冷、沉醉在华尔兹和啤酒的狂欢与笼罩在风雪之夜中的压抑，仿佛一首二重奏，一高一低、一近一远、一明一暗，奏出对历史与未来，对生存与死亡悠远、绵长的挽歌。

至此，小说虽未明写死亡，却处处透着对死亡的沉思：民族的、个体的、文化的、精神的、肉体的现状与出路。

这为“死者”的出场奠定了悲凉、凄清、压抑、感伤的整体格调。小说将近尾声，死者终于出场，但也只存在于男女主角的对话、回忆与想象中。

就在舞会即将结束，男高音达西先生突然弹唱了一首古老的爱尔兰小调，加布里埃尔的妻子站在楼梯转角的阴影里，凝神细听。加布里埃尔看到了这一幕，对妻子的爱情忽然被唤醒。和《阿拉比》一样，作者用极具画面感的光影交织描绘了这个重现爱情的时刻：

> 他安静地站在昏黄的走廊上，仰头注视着自己的妻子，努力捕捉那歌曲的曲调。她的姿态神秘而优雅，好像象征着什么。他问自己，一个女人站在楼梯的阴影处聆听悠远的歌声，这画面象征了什么。如果他是一个画家，他会把她此刻的姿态画下来。她的蓝毡帽在阴影的衬托下凸显了她古铜色的头发，裙子上的深浅图案也互为映衬。他要是个画家，会把这幅画命名为《远方的音乐》。

正是这首爱尔兰小调唤起了妻子的回忆，而正是妻子凝神细听时的优雅姿态唤起了加布里埃尔的激情与欲望。作者对此写得节制而富有诗意：

> 一阵更为柔情的欢愉从他心底迸出，在他温暖的血管里涌动。如同星星的柔和光亮，他们私密生活中的片段，没有人知道，也没有人会知道，突然照亮了他的记忆。他渴望召唤回这些时光片段，渴望她能忘了这些年的沉闷时光，只留下那些销魂时刻。因为他觉得，这些年还没有浇灭他或她的激情。他们的孩子、他的写作、她的家务，都还没有浇灭燃烧在他们灵魂里的微弱火焰。在他那时写给她的一封信里，他写道："为什么这些词在我看来是如此冰冷和无味？是不是因为没有一个词，温柔得足以配得上你的名字？"
>
> 如同远方的音乐，这些他多年前写下的词句从过去向他驶来。他渴望和她单独在一起。

有人说爱情的终结是婚姻。琐碎的生活惯性淡漠了爱恋的激情，老夫老妻之间的感情平淡如水，更像是亲情而非爱情。但加布里埃尔却在这种常态化的生活中获得了一次陌生化的体验：因为妻子听音乐时的神态回忆起过往二人世界中那些甜蜜、激情、销魂的时刻，进而产生对"老妻"新婚宴尔的欲望。

乔伊斯对男主角强烈而压抑的欲望写得细腻而节制：

> 从马车出来，站在马路牙子上和其他人道别时，她轻轻倚靠在他的手臂上，轻柔得如同几个小时前跟他跳舞一样。那会儿的他被骄傲和幸福环绕，骄傲的是她的优雅和贤惠，幸

福的是她是他的妻子。在重温了无数回忆之后，一触碰到她的身体，那美妙、陌生、芬芳的身体，他浑身上下就涌动一股强烈的情欲。趁她沉默不语之际，他一把拉住她的胳膊紧贴自己身边。站在旅馆门口时，他觉得他俩逃离了俗世和责任，逃离了家人和朋友，揣着两颗喜悦狂放的心寻求新的冒险。

在这里，从俗世和责任中剥离出来的爱情给予个体回归自身的纯粹。逃离了社会责任、人际关系、道德规约，男人似乎从这种“纯粹”的爱情中获得了从各种身份、角色中解放的自由。然而就在加布里埃尔幻想着和妻子重温激情，探索新的世界时，他却遭遇了第三次碰壁。

缥缈的街灯光亮从窗户照进房间，长长的光束直达门上。加布里尔把长大衣和帽子扔在一只长沙发上，穿过房间走回窗前。他向下面的街道上望望，想使自己的情绪平静一点儿。然后他转过身背对着光线，靠在一只五斗橱上。她已经脱下帽子和披风，站在一面很大的穿衣镜前，解开她腰上的搭扣。加布里埃尔望着她，踌躇了一会儿，然后说：

“格莱塔！”

她慢慢地从镜子前转过身来，沿着街灯洒进房间的光束朝他走去。她的脸庄重而疲倦，使得加布里埃尔没法开口说话。不，还没到时间。

“你看起来累了。”他说。

“有一点儿。”她回答道。

“你没觉得哪里不舒服吧?”

“没，只是累了，没别的。”

……

他这时烦恼得浑身颤抖。为什么她看起来那么心不在焉？他不知道怎么开头才好。她也在因为什么事烦恼吗？她要是能转身向着他或是自个儿上他这儿来该多好！像她现在这样去搂她是粗鲁的。不，他必须在她眼睛里看见一丝热情才行。他多么希望自己可以主宰她那变幻莫测的情绪。

……

他站着，两手捧着她的头，然后一只手迅速滑过她的身体，把她搂向自己，柔情地说：

“格莱塔，亲爱的，你在想什么?”

她没有回答，也没有顺从地倒向他的手臂。他又柔情地问了一遍：

“告诉我，格莱塔。我觉得我知道你在想些什么。我知道吗?”

她没有马上回答。然后她说话了，眼泪夺眶而出：

“噢，我在想那支歌,《奥格里姆的姑娘》。”

她挣脱他的怀抱跑到床边，双臂搭在床栏上，把脸埋了起来。加布里埃尔震惊得立了一会儿，一动也不动，然后跟了过去。当他经过那面转动的穿衣镜时，他瞅见自己的整个身影。从镜子里他看见自己宽阔结实的衬衣前襟，那向来一脸困惑的表情，那闪着光的金边眼镜。他走到离她几步远的地方停下来，说：

“那首曲子怎么啦？为什么你会哭？”

她从臂弯里抬起头来，像个孩子似的用手背拭去眼泪。他也没有想到自己的声音这会儿更添了几分和善。

“怎么啦，格莱塔？”他问。

“我想到很久以前唱这支曲子的人。”

“这位很久以前的人是谁？”加布里埃尔微笑着问。

“是我在戈尔韦住的时候认识的，那时候我跟我奶奶住在一块儿，”她说。

笑容从加布里埃尔脸上消逝了。一股阴沉的怒气开始在他思想深处聚集，被压抑的欲火开始在血管里愤怒地燃烧。

“是你爱过的人吧？”他讥笑地说。

“是一个我从前认识的年轻男孩，”她回答说，“名字叫迈克尔·富里。他老是唱那支歌给我听。《奥格里姆的姑娘》。他很不俗气。”

加布里埃尔一声不响。他不希望她认为，他对这个不俗气的年轻人感到兴趣。

“我可以那么清楚地看见他，”过了一会儿，她说。“他有那么一双眼睛，大大的、黑黑的眼睛！眼睛里还有那么一种表情——那么一种表情！”

“哦，这么说，你那时候爱他了？”加布里埃尔说。

“我常跟他出去散步，”她说，“我住在戈尔韦的时候。”

一个思想从加布里埃尔头脑中闪过。

“所以你才想跟艾弗斯小姐一起去戈尔韦吧？”他冷冰冰地说。

她看着他，出乎意料地说："去干吗？"

她的目光让加布里埃尔感到很不自在。他耸耸肩头说："我怎么知道？去见他呗，也许。"

她的目光从他身上移开，顺着那束光转向窗户。

"他死了，"她终于说，"他十七岁就死了。难道这么年轻就死，不是一件可怕的事吗？"

这一段写得一气呵成，将错位的关系中压抑的情感表现得淋漓尽致。加布里埃尔的跃跃欲试与妻子的心不在焉，加布里埃尔表面的绅士、和善、温柔与内心涌动的情欲、愤怒和错愕，从激情、期待的高峰跌落到失望、挫败的谷底，人物的内心世界跌宕起伏，但实际表现出来的对话却平静如水。

作者是如何在一个一点儿也不戏剧化的场面，表现这种戏剧化的内心冲击呢？

除了将人物内心的感受用自由间接引语的方式与直接引语的对话交织，呈现加布里埃尔内心的丰富感受与妻子格莱塔冷漠而反常的表现之间的反差外，光线、穿衣镜等象征性意象的衬托、暗示，氛围的烘托、点染，在这个段落起到点睛的作用。

加布里埃尔原以为可以和妻子享受激情时刻，特意嘱咐门卫把电灯关掉、将蜡烛拿走。漆黑的房间唯一的光源是窗子透出的路灯光。

一开始，加布里埃尔背向街灯，妻子向他走来，身上打着街灯洒进来的光束，如同舞台聚光灯下的女主角，光彩熠熠。这既是现实的场景，也暗示加布里埃尔内心对妻子充满爱意的感受。

然而，也正是因为光线打在格莱塔的脸上，加布里埃尔看清了她疲惫而庄严的表情，识趣地意识到妻子的状态不大对劲。这个看见又阻拦了他激情的释放，导致进一步的对话。

在加布里埃尔的追问下，格莱塔终于说出她隐藏多年的内心之痛：她已故的初恋情人。说出真相后，格莱塔循着光束，望向窗外。回想前文对于格莱塔在楼梯拐角的阴影处听音乐却让加布里埃尔感到整个画面光彩非凡的场景，我们大概可以读出，格莱塔身上的光线充满着隐喻、象征的意味。

格莱塔让加布里埃尔感到优雅非常、重燃激情的光彩，却是被另一个男人为她唱过的一首歌唤起的。而那个男人如今已经死去，于是这份爱情更成为生者无法企及和抗衡的制高点。加布里埃尔的情绪从愤怒到带有醋意，再到无奈和释然。

联想前面和艾弗斯小姐的争执，艾弗斯小姐质问加布里埃尔为什么不去妻子的故乡度假，当他事后告诉妻子时，格莱塔的反应确实喜出望外地期待能回故乡。他敏感地觉察到初恋情人在妻子心中的分量。但是，他不能跟一个死者争风吃醋。毕竟，他们如今已经阴阳两隔，如同窗内与窗外的世界，难以逾越。

另一个充满象征意味的意象是穿衣镜。

激情燃烧的加布里埃尔在穿衣镜中看到妻子的镜像，他此刻当然不知道，他看到的不过是格莱塔的表象、幻影，他其实真的了解自己的妻子吗？

当格莱塔挣脱他的怀抱，倒在床上哭泣时，加布里埃尔再次望向穿衣镜，这一次，他看到了自己的镜像。“那向来一脸困惑的表情”是否也表达了这样一个始终无法真正融入这个世界，甚至在最亲密的关系中也感受到难以逾越的秘密、误会与隔阂的中年人所体会到的迷惘与孤独？

对妻子而言，她藏于内心最深处的柔情，被一曲古老的小调唤醒，永远为一个因她而死的年轻人保留。从下文看，迈克尔·富里是因为肺痨而死的，但导火索却是在一个风雨交加的夜晚去见格莱塔最后一面所致。所以她永远也忘不了见到他最后一面的场景：

她停了一会儿，为了控制自己的声音，然后又说下去："后来我动身的前一天夜里，我在修女岛上我奶奶家里，正收拾着东西，听见石子儿敲打窗户的声音。窗玻璃一片潮湿，我什么也看不见，连衣服也没换跑下楼，从后门溜到花园。那可怜的人就站在花园的尽头，浑身发抖。"

"你没让他回去吗？"加布里埃尔问。

"我哀求他快回家去，告诉他，在这里淋雨会要了他的命。可是他说他不想活了。我现在还能清清楚楚、清清楚楚看见他那双眼睛！他站在院墙的尽头，那里有一棵树。"

"那么他回去了吗？"加布里埃尔问。

"嗯，他回去了。我来修道院刚一星期就得知他去世了，埋在奥特拉尔德他老家那儿。哎，我听说消息的那天，听到他死去的消息的那天……"

她说不下去了，哽咽着抽泣着，再也克制不住自己的情绪，一头扑倒在床上，脸埋在被子里呜咽。加布里埃尔犹豫地又握了一会儿她的手，不知如何是好。不忍打扰她的哀恸，他放开手，看着她的手轻轻滑落，他静悄悄地走向窗前。

她睡熟了。

加布里埃尔斜靠在臂肘上，心平气和地望着她乱蓬蓬的头发和半开的嘴，听着她深沉的呼吸。原来她在和他之前还有过这么一段浪漫史：一个男人曾经为她死去。想到自己作为丈夫，在她一生中扮演了一个多么可怜的角色，他几乎不太觉得痛苦了。他想着她熟睡的样子，仿佛他和她从没以夫妻的身份一块生活过。他好奇的眼光长久地停留在她的面庞和头发上：他想象她曾经的样子，她还是少女的第一抹美丽，一种奇异的、和善的怜悯在他心头升起。他不愿告诉自己她的脸庞已不再美丽，但他清楚那已不再是迈克尔·富里为之殉情的脸庞了。

从“重温了无数回忆”、幻想着多年前为妻子写下的情书建构起来的爱情迷梦中醒来，加布里埃尔从男女的肉体情欲中获得升华，以一种超越性的眼光审视妻子。妻子不再是他情欲的投影、爱恋的对象，他可以拉开距离，将她视作一个陌生人，冷静地看到岁月在妻子身上留下的痕迹。于是现实的无情与记忆的温情见证了命运对人世间最讽刺的嘲弄：没有什么激情、欲望能抵得过岁月的侵蚀。假如那个男人还在世，他看到如今容颜已老的初恋情人，那份记忆里的纯真、美好是不是也会大打折扣？

然而，死亡将所有的美好定格在了回忆，美好也就获得了永恒。

你看，在这个激情浇灭的过程里，乔伊斯将人物外部的情境——光线、镜像和大雪与人物内心的情感、心理、回忆与思考交融在一起。现实与回忆、心理感受与客观事实杂糅交错，构造了充满浓郁主观情绪的画面。

那么，这个名为《死者》的小说仅仅是要表现爱情的无望吗？在小说的结尾，乔伊斯用天才的抒情笔调，描写了加布里埃尔在梦境中对死亡的感受与思考。

屋里的空气使他两肩感到寒冷。他小心地钻进被子，躺在他妻子身边。一个接一个，他们全都将变成幽灵。顶好是正当某种热情的全盛时刻勇敢地走到那个世界去，而不要随着年华凋残，凄凉地枯萎消亡。他想到，躺在他身边的她，这么多年以来，怎样在自己心头珍藏着她情人告诉她说他不想活的时候那一双眼睛的形象。

泪水大量地涌进加布里埃尔的眼睛。他自己从来不曾对任何一个女人有过那样的感情，然而他知道，这种感情一定是爱。泪水在他眼睛里积得更满了，在半明半暗的微光里，他在想象中看见一个年轻人在一棵滴着水珠的树下的身形。其他一些身形也渐渐走近。他的灵魂已接近那个住着大批死者的领域。他意识到，但却不能理解他们变幻无常、时隐时现的存在。他自己本身正在消逝到一个灰色的无法捉摸的世界里去：这牢固的世界，这些死者一度在这儿养育、生活过的世界，正在溶解和化为乌有。

玻璃上几下轻轻的响声吸引他把脸转向窗户，又开始下雪了。他睡眼迷蒙地望着雪花，银色的、暗暗的雪花，迎

> 着灯光在斜斜地飘落。该是他动身去西方旅行的时候了。是的，报纸说得对：整个爱尔兰都在下雪。它落在阴郁的中部平原的每一片土地上，落在光秃秃的小山上，轻轻地落进艾伦沼泽，再往西，又轻轻地落在香农河黑沉沉的、奔腾澎湃的浪潮中。它也落在山坡上安葬着迈克尔·富里的孤独的教堂墓地的每一块泥土上。它纷纷飘落，厚厚积压在歪歪斜斜的十字架上和墓石上，落在一扇扇小墓门的尖顶上，落在荒芜的荆棘丛中。他的灵魂缓缓地昏睡了，当他听着雪花微微地穿过宇宙在飘落，微微地，如同他们最终的结局那样，飘落到所有的生者和死者身上。

这既是《死者》的结尾，也是整个《都柏林人》小说集的尾声。

在这个亦真亦幻的场景中，借由加布里埃尔之眼，我们看到滴着水珠的树下的男孩，在睡眼迷蒙中，看到白雪飘落的墓地。作者表达了对人生最终极的问题——死亡的哲学思考。

听完妻子关于英年早逝的初恋的故事后，加布里埃尔想到了衰老的姨妈，想到舞会上每个人的结局，进而在似睡似醒幻梦之中，看到了树下的那个男孩，看到了无数死去的亡灵，他感到自己也正走在通向死亡的路上。

“整个爱尔兰都在下雪”不仅是小说的现实环境，更是小说的情绪基调。昏黄的街灯、银色的雪花、黑色的山丘、孤零零的教堂墓地，厚厚的积雪落在每一个角落里，覆盖着整本小说的每一个人物，无论是深埋地下的，还是仍在苟活的。小说的最后一句话，是所有关于都柏林的小故事的共同结局：无论人生怎样，每个人终将面对死亡。

这对决定离开祖国、向西启程的加布里埃尔而言，在现实的沉闷、琐碎、挫败中看到死亡的必然性，究竟是一种解脱还是一种无奈呢？

深刻的小说不是帮助我们逃避现实苦难的安慰剂，而是揭露我们正在逃避但终将要面对的真相。人生如寄，我们不过是万物之逆旅，百代之过客。这个世界，一代人来，一代人走。你所生活的每一寸土地，都曾经生活过无数的亡灵。而你终将有一天，也会回到那些亡灵躺卧的土地。

“死生亦大矣。”或许对深受儒家文化现世哲学影响的中国人而言，人情往来、世俗伦理、生存谋略远比形而上的追问来得实际。但一个人总要面对人生的终极性问题：从哪里来？到哪里去？

以为这个世界就是生命全部的人，总是想要抓取更多、不肯放手，一隅苦执着，蜗角争小利。庄子早就说过，真正限制一个人获得超越性自由的，是意识不到自我的局限。

西方文明受基督教影响深厚，对超越现世的终极性问题思考得更深、更远。

可以说，乔伊斯的这本小说，思考的不仅是爱尔兰的出路问题，更是他自己夹在新与旧、本土与外来、生与死之间的挣扎，也是每一个人一生都在面对的永恒问题。而这，也正是经典小说亘古不变的魅力。

参考文献

小说名著

1.《好人难寻》，［美］弗兰纳里·奥康纳著，於梅译，吉林出版集团股份有限公司2017年6月版。

2.《米格尔街》，［英］V.S.奈保尔著，张琪译，南海出版公司2019年11月版。

3.《远山淡影》，［英］石黑一雄著，张晓意译，上海译文出版社2011年5月版。

4.《悲惨世界》，［法］雨果著，李丹、方于译，人民文学出版社2015年6月版。

5.《不能承受的生命之轻》，［捷］米兰·昆德拉著，许钧译，上海译文出版社2017年1月版。

6.《卡夫卡中短篇小说全集》，［奥］卡夫卡著，叶廷芳等译，人民文学出版社2015年6月版。

7.《城堡》，［奥］卡夫卡著，高年生译，人民文学出版社2018年3月版。

8.《卡拉马佐夫兄弟》，［俄］陀思妥耶夫斯基著，荣如德译，上海译文出版社2015年2月版。

9.《欧·亨利短篇小说选》，[美]欧·亨利著，王晋华译，时代文艺出版社2018年2月版。

10.《都柏林人》，[爱]詹姆斯·乔伊斯著，王逢振译，上海译文出版社2016年10月版。

11.《都柏林人》，[爱]詹姆斯·乔伊斯著，张芸译，山东画报出版社2019年7月版。

12.《海明威短篇小说全集》，[美]海明威著，陈良廷等译，上海译文出版社2019年8月版。

13.《红楼梦》,(清)曹雪芹、高鹗著，人民文学出版社2018年1月版。

14.《彷徨》，鲁迅著，人民文学出版社2016年1月版。

15.《边城》，沈从文著，北京十月文艺出版社2008年7月版。

16.《汪曾祺集》，汪曾祺著，北京十月文艺出版社2012年7月版。

17.《倾城之恋》，张爱玲著，北京十月文艺出版社2012年6月版。

18.《对倒》，刘以鬯著，人民文学出版社2018年6月版。

19.《红高粱家族》，莫言著，人民文学出版社2007年1月版。

20.《采桑子》，叶广芩著，北京出版社2009年1月版。

理论专著

1.《小说面面观》，[英]E.M.福斯特著，冯涛译，上海译文出版社2019年5月版。

2.《小说机杼》，［英］詹姆斯·伍德著，陶东风、黄远帆译，河南大学出版社2015年8月版。

3.《给青年小说家的信》，［秘］马里奥·巴尔加斯·略萨著，赵德明译，上海文艺出版社2016年5月版。

4.《叙事学：叙事的形式与功能》，［美］杰拉德·普林斯著，徐强译，中国人民大学出版社2013年6月版。

5.《小说的艺术》，［捷］米兰·昆德拉著，尉迟秀译，上海译文出版社2019年5月版。

6.《西方叙事学：经典与后经典》，申丹、王亚丽著，北京大学出版社2010年3月版。